預言貓收養了我

愛德華多・哈烏雷吉
Eduardo Jáuregui ——著
徐力為——譯

推薦序

人生在世，總會愛上幾個渣男

劉仲彬

看完第三章時，我闔上書，想起露西亞。

露西亞是我三年前的案主，和本書苦主莎拉有兩個相同之處，同樣為情所傷，同樣流著西班牙的血，但露西亞的分量只有四分之一。

以四十歲的標準來說，她保養得很好，好到足以讓同齡女人的拳頭硬起來，但聽完她的情史，那些女人通常都會軟下心來拍她的背。原來上天真公平。

她外公早年航海，愛上了西班牙女孩，於是兩人在孟買的港口找了個牧師公證結婚。外公不適合在陸上生活，獨留外婆在島國養家，但外婆不適合在臺灣生活，幾年後兩人離婚，外婆離開臺灣，連回憶也帶走，只把濃眉、褐髮以及糟糕的男人運留給了露西亞的媽媽，再由媽媽繼承給她。

露西亞這個名字是光明的意思，可惜祖孫三代情路黯淡，一輩子都所託非人。

露西亞長得很像我欣賞的女歌手山形瑞秋，如果我手上有個框，框裡的她會坐在濱海的露臺上，不太在意髮型，指間夾著半截菸，罩上波希米亞衫，隨便靠著哪一面牆，你就會不自覺地想探究她的心事以及神祕的歷史。

可惜她一點都不神祕，如果剝掉那層飄洋過海而來的皮囊，她就是一個單純的臺灣女孩。她不會講西班牙語，對藝術沒有任何興趣，菸酒不沾、長年茹素，餐飲科畢業後專做手工餅乾，最大的願望是在三十歲之前把自己嫁掉。可惜天不從人願，因為她的外表太容易讓人產生想像，可靠的男人不敢接近她，不適合她的男人不斷纏上她。纏上她的男人等神祕感消失後就拋棄她，不敢靠近她的男人依舊保持距離安慰她，而她唯一的罩門就是被動，因此成了渣男專收戶。

就在四十歲這年，她終於找到安全係數達標的男人。四十二歲，資訊工程師，熱愛健身，離婚，兒子讀小一。兩人在烘焙課上認識，露西亞是講師，而他是愛上講師的學生。於是露西亞搬去男人的公寓，假日幫孩子烤蛋糕，開始想像求婚的場景。但就在交往的第四個月，也是男人最容易露出破綻的時刻，她挨了一頓揍，原因是她傳訊息託男同事帶蔓越莓回國時，附贈了一個害羞的表情。

猜忌，是男人動粗的理由，也是他離婚的起因。

露西亞是過來人，因此當機立斷火速斬桃，但分手後的她卻不時瀏覽對方的社群網頁。一個月後，男人上傳了在健身房緊摟新歡的照片，露西亞正式崩潰，即便經過再多的渣男洗禮，她依舊沒學會適應。

「為什麼他可以過得比我好？」「為什麼我才是被懲罰的那個？」「我是不是真的不夠好？」諸如此類的經典問句，原本盤旋在她的腦袋，現在盤旋在會談室的上空。由於她聲淚俱下，我插不上話，只好去算它們一小時可以繞幾圈。

同樣的問句，也出現在莎拉的腦袋裡。

幸運的是，本書作者愛德華多．哈烏雷吉幫她羅列了十二節失戀療程，在名為西維亞的喵星人指引下，一步步伴隨莎拉踏上復原之路。

作者於大學時期主修社會心理學，亦在聖路易斯大學教授正向心理學，與心理學界自有一番淵源。但他不打算寫一本《心理專家的十二堂失戀療癒課》，而是採用顛覆的視角，以夏目漱石為師，讓一隻會說人話的貓，旁觀一場情傷的始末與歷程，再為主角量身打造修復療程。於是我們會看到瑞士精神科醫師羅斯在一九六九年提出的「哀傷五階段」如何重現在莎拉身上：**否認**（這不算分手，他只是一時衝動。）**憤怒**（他居然偷吃！）**糾結**（如果我改變，他會回頭嗎？）**憂鬱**（一切都結束了……）和**接受現實**（我依然能想起分手那天發生的一切，可是心中的痛卻減輕了不少。）

失戀也是一種創傷經驗，嚴重一點還能放進「創傷後壓力症」診斷，放鬆訓練與認知重建勢不可免，因此在十二節療程中，作者提出了幾項實用的技巧，包括：**肌肉放鬆**（練習瑜珈）、**正念減壓**（花一個小時仔細品嘗一盤水果）、**分心轉移**（觀察周遭景緻）、**換位思考**（不任意批判鄰居）、**反思**（改變對租屋處的極端想法），以及**問題解決**（選擇合適的工作）。

上述技巧並非生硬的心理學詞條，而是配合故事應運而生的解法，畢竟有了情節的血肉肌理，技巧才會出現溫度。其中有兩節療程更勾起了我的回憶，因為類似的概念，我也曾套用在露西亞身上，分別是〈第七課：安排好自己，是最重要的事〉，以及〈第八課：不要著急開始一段新戀情〉。

安排好自己，是讓生活回歸常軌的唯一正解。失戀不是世界末日，這句話乍聽冷血，卻是鐵一般的事實，畢竟你確實是回到「沒有對方的日子」，但那時你也活得好好的，只是現在需要重新適應。與適應有關的就交給時間，你能做的是把自己放進新版行事曆上，**然後用最好的狀態去應對一切**。

急著一段新戀情，則是失戀後最容易出現的念頭，因為我們把失戀當成生命的洞，填好填滿人生才能圓滿。但這個洞很公平，花多少時間蛀蝕，就得花多少時間修補，更重要的是，先修補好自己心裡的洞，**別花費時間和精力去研究別人，因為別人不會受你的控制，倒不如把全部力氣用來經營自己**。

「人生在世，總會愛上幾個渣男」，這是電影《春嬌與志明》的臺詞，相較於洞，失戀更像一段歷程，崎嶇泥濘，但總會路過。所謂復原，重點不在你能多快忘掉對方，而是你能多快適應沒有對方的生活。

療傷沒有捷徑，迷途也在所難免，但我相信這本書至少能幫你理清套路，陪你走過那段烏煙瘴氣的歷程，只要按圖索驥，一定能少繞幾趟冤枉路。

即便錯失了黃昏的霞光，我們還有夜空中的星。

（本文作者為臨床心理師）

各界推薦

當工作、感情與家庭關係，和預想的截然不同，負向的思緒將自己禁錮在窒息的牢籠裡。當人類與貓咪主客易位，貓言貓語卻喚來洗滌心靈的清澈聲音。貓的身影做了最佳的示範，教人如何重新活過，好好感受生命中的細微曼妙。

——王意中心理治療所所長／王意中

當貓咪不再是寵物，而是人類的收養者，可以說是有些詭異了，正在經歷人生的低谷，什麼負面念頭都一湧而出時，有隻神祕的貓出現，指引你、陪伴你度過難關，他一定是哆啦A夢的化身。書越看到後面，眼淚不自覺地猛掉，也許是能感同身受，真心推薦給人生正遇到瓶頸的朋友看。

——《家有諧星貓　我是白吉》作者／吉媽

身為一個從小就被貓收養的人類，我真切地希望每一個人都能閱讀這本書，因為貓真的教了我很多很多。謝謝我生命中的每一隻貓，也謝謝這一本書，讓我知道不是我瘋了才這麼想，原來這一切都是真的！

——全方位藝人／蔡燦得

深夜一口氣讀完這本書，抬頭看窗外，有沒有一隻貓咪（西維亞）等著收養我？我的生命旅途中，曾被很多貓咪收養過，他們都是不請自來，或許是被我身上某些缺憾召喚。我的西維亞不會說話，卻真實教會我生活，即使他們已經消失，但那顆永保高貴的心，已經安在我的左胸口。

——貓系圖文作家／貓小姐 Ms.Cat

目錄

Chapter 2

被貓收養

Chapter 3

何必猜測真相，反正總會比想的更糟

Chapter 4

避難之旅

Chapter 5

西維亞的訓練

Chapter 6

踉踉蹌蹌的新生活

Chapter 7

如果只是想想，那還不如不想

Chapter 8

一切都變得意想不到

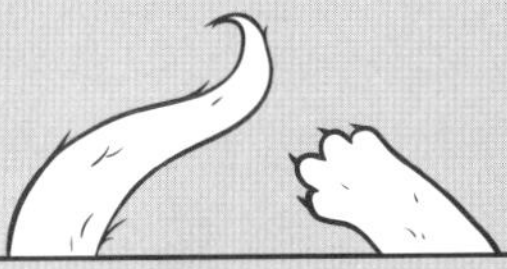

Chapter 1

遇上一隻會預言的貓

「善良的老婦人告訴我們，貓對人的好壞有著最棒的判斷力。她們說，貓總是會跑到一個好人的身邊。」

——二十世紀現代主義與女性主義的先鋒／

維吉尼亞．吳爾芙

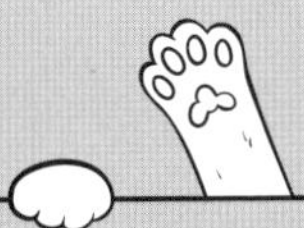

01.
最重要的一天，最糟糕的開始

我第一次看見西維亞的時候，她就那麼「砰」的一聲，突然出現在我的眼前。沒有任何預兆，也沒有類似於神話裡叮咚作響的豎琴聲，或者冒起一縷青煙，什麼都沒有。她好像一個走錯了路的精靈，降臨在那個無比糟糕的早上。

按照計畫，那天早上九點鐘，我要向皇家石油的人提案，那是我們公司最最重要的一位客戶。而八點十五分的時候，我卻依然在家中，對著餐桌上亂七八糟的東西反胃。天知道家裡怎麼會這麼亂，桌子上放著我的筆記型電腦、愛爾蘭奶油、傑瑞的手套、一盤烤吐司，以及威廉王子和凱特王妃結婚時的紀念咖啡杯。

一旦這對杯子出現在我家餐桌上，就意味著我和傑瑞又積了一大堆沒有洗的

髒杯子，不得已只好把它們從展示櫃裡請了出來。

最近這段時間，我們確實都很忙。我為了皇家石油的網站方案焦頭爛額，而傑瑞呢，每天也是早出晚歸，儘管我根本不知道他在忙些什麼。但此時此刻，我的當務之急並不是對著咖啡杯發呆，而是要趕緊離開這棟房子，跳上地鐵，去見那些至關重要的客戶。

為了能快點出門，我放下吃沒幾口的麵包，一手抱著電腦，一手端起盤子，迅速來到洗碗槽旁。但就在這時，一陣強烈的頭暈目眩猛地向我襲來，手一鬆，盤子裡的餐具和食物全都掉進洗碗槽裡，叮叮噹噹一陣亂響。伴著亂糟糟的聲音，我的胃做出了反應，一股洶湧的噁心感湧上喉頭，渾身都隨之戰慄起來。

天啊，又來了！這幾個星期以來，我一直被這種眩暈和反胃折磨著，我用盡力氣鼓勵自己：「不要緊的，莎拉，一會兒就好了，每次不都是這樣嗎？」

我一邊為自己加油打氣，一邊強迫自己將目光投向窗外，彷彿要用眼睛抓住這個世界——倫敦的天空總是該死的灰濛濛，遠處的灰磚房子很陳舊，鄰居家的花園真漂亮，而我們家的……呃，還是那麼亂糟糟。雖然這樣的景色一點都不賞心悅目，但是起碼讓我知道，自己還好好活著。過了一會兒，那種不舒服的感覺終於開始減退了，一個聲音在我心底響起：「莎拉，妳到底是怎麼了？」

是啊，我到底是怎麼了。要是以前我的身體出現這種異狀，我一定會以為自己懷孕了，然後在第一時間跑去最近的醫院做檢查，可是現在，這種可能性根本沒有。我和傑瑞已經很久沒有滾過床單了，忘了從什麼時候起，那種隱祕、瘋狂而充滿激情的遊戲，從我們的生活中消失了。但既然沒有一個新生命在體內蠢蠢欲動，我又為什麼會這麼不對勁？

我愣愣地看著窗外，再一次問自己：莎拉，妳到底是怎麼了？

也就是在這個時候，西維亞出現在我的眼前。

02. 貓說話了?!

當時的情況是這樣的，我把視線從窗外移開，低頭看了一眼洗碗槽裡的盤子和咖啡杯有沒有碎掉，大概也就只有幾秒鐘，等我再抬頭的時候，只看見一個巨大的身影擋住了整個窗戶，同時，一雙綠色的眼睛正帶著寒光，緊盯著我看。

一受到刺激，我的身體變得莫名矯健起來。我尖叫了一聲，緊接著後退好幾步，同時把電腦當成盾牌，迅速舉在胸前，想擋住這隻「野獸」的攻擊。而當我做完這一連串動作後才發現，玻璃窗後面蹲著的，竟然只是一隻貓咪。牠渾身都是金色的短毛，尾巴高高豎起，神情中流露出一絲狡黠，卻不帶任何惡意。

儘管我剛才一副見鬼的表情，並且大聲尖叫，可是這隻貓倒很鎮定，牠像一

尊雕像一樣動也不動，連鬍鬚都沒有顫動一下，似乎很好奇眼前這個人類還會做出什麼奇奇怪怪的舉動。

我為自己剛剛的大驚小怪感到好笑，並且真的笑出聲來，但才笑了一聲，就笑不下去了，因為我聽到這隻貓跟我說：「妳能放我進來嗎？」

這一定是幻覺，對不對？那個輕柔甜美、婉轉纖柔，並且伴點喉嚨裡咕嚕作響的聲音，絕對不是從這隻貓的嘴裡發出來的，對不對？

我仔細環視一下四周，確定房間裡是不是只有我一個人。周圍一切正常，還和幾分鐘之前一樣亂七八糟，收音機和電視的電源也全都是關閉的，我的心一沉：完了，原本只是頭暈和覺得噁心，現在我竟然以為一隻貓在對我說出人類的語言，我是不是精神有問題了？

見我半天沒反應，牠（也許還是用「她」更合適些吧）有些按捺不住了，開始不耐煩地在窗臺上踱起貓步，走了幾個來回之後，她用更加急切的口吻對我說：「讓我進去吧，親愛的。」

我全身所有的汗毛都豎了起來，因為她說這句話時，用的竟然是我的母語——西班牙語。

天哪！這隻貓不僅會說話，而且還會好幾種語言！我得多病入膏肓，才能產生這麼荒誕的想像。

我死死盯住貓咪的嘴，希望看清她的嘴有沒有動，我連眼睛都不敢眨，只為了確定那些聲音和她一點關係也沒有，而她似乎猜中了我的心思，因為很快的，我就聽見她對我說：「是的，就是我，就是我在窗外對妳說話呢，妳到底讓不讓我進去啊？」她用的依然是西班牙語，而且說完最後一句話後，還用爪子抓了兩下窗戶，以示催促。那一瞬間，我覺得就算馬上發生大地震，或者天塌下來，都不是什麼稀奇的事了，一隻貓在我眼前用兩種語言不停說話，這種邪門的事都能出現，還有什麼不可能？

我用力拍拍自己的臉，喃喃自語道：「醒醒吧，是幻覺，對，就是這樣，一定是因為我太累了。」我拿起電腦，冰冷堅硬的質感在提醒著我，我正活在現實中，說服自己無視這一切，趕緊轉過身去，不再去看那隻貓。

就在這時，我瞥了一眼牆上的時鐘，頓時清醒了過來，把什麼身體不適啊、貓啊和西班牙語之類的，全都拋到了九霄雲外，因為我看到時針和分針已經指向了將近八點半，而皇家石油的那些大咖們，一會兒就要聽我的提案。

臨走前，我隱約聽見那隻貓在窗戶外喊道：「不聽從貓的話，可是會倒楣的哦。」我心中「咯噔」一下，但依舊頭也不回地衝出了家門。

03.
禍不單行

當我背著沉甸甸的背包在倫敦街頭狂奔時，忍不住想，要是父親看見這個場景，會不會無奈地搖頭：「女兒啊，妳從西班牙千里迢迢跑去英國，就是為了過這樣的生活？」

好在他遠居千里之外，看不到我如此狼狽的一幕，不然我還真不知道該如何回答他才好。因為這樣的生活，似乎也不是我想要的。

我氣喘吁吁地跑進地鐵站，鑽進像罐頭一樣擠的車廂，在心中不停默念著準備好的提案解說，時不時地，同事格雷的話還會突然在腦袋中響起：「妳一定要好好表現，把這個提案拿下，不然我就把妳扔進海裡餵鯊魚。」這個威脅我的傢

伙，就是我的最佳拍檔，這幾天他一直對我重複著這句話，以至於我在洗澡的時候都會產生幻覺，以為他出現在浴室門外向我喊話。

幻覺——一想到這個詞，我的眼前又晃過了那隻會說話的貓，忍不住打了一個冷顫。二十分鐘前，我確實在家裡的窗臺上看見一隻貓，她用英語和西班牙語交替跟我說話，還央求我放她進屋……問題在於，我是真的看見了？還是一切只是我的想像？

一陣語音報讀的聲音將我拉回現實，我這才發現，在我胡思亂想的時候，車已經經過了好幾站，此刻正停靠在邦德站，而我恰巧應該在這站換乘。一瞬間，我就像被按下了瘋狂按鈕，「借過！」我一邊瘋子似地不停大叫，一邊用身體撞開面前厚實的人牆，拚命朝車門前進，完全顧不得人們投來的憤怒目光。

我使了吃奶的力氣，終於在月臺工作人員的驚呼中突出重圍，跳下車門，並且敏捷地拉住了我背包的帶子。當車門在身後傳來關閉的「滴滴」聲時，我長吁一口氣，還好還好，除了開會遲到外，今天過得還不算太糟糕。

但就在下一秒，我的腦子像被炸開了一樣。因為我看到自己手裡拿著的，只是一條背包的背帶，對，僅此而已。出門前，那隻怪貓的預言竟然應驗在我的背包——裡面裝著我辛苦做出的簡報和列印出的資料，並且是全公司僅有的一份——正被夾在車廂裡，和那些趕著去上班的人們一起呼嘯而去，消失在黑漆漆的隧道裡。而月臺的時鐘此刻正發出音樂，告訴所有人，現在已經是九點整。

真是太棒了！這一天我必將終生難忘。

我扔掉了背包的背帶，繼續在地鐵站裡奔跑，格雷的簡訊不斷湧進手機，語氣越來越急切：「妳到哪兒了，莎拉？就差妳了。」「客戶都等到著急了。」「我們boss的臉色也很不好看。」我在出站時，才終於有時間回他簡訊。我把弄丟電腦和資料的事情告訴他，他沒有馬上回訊息，直到我衝進公司大樓的時候，手機才又響了起來，螢幕上寫著：「好的，妳就等著見鯊魚吧。」

當我跑進會議室時，我看到所有人都端坐在那裡，而我的boss安妮，表情冷峻，目光如刀，好像要吃了我一樣。那一刻，我倒寧願去見鯊魚。

04. 見到鯊魚

「啊，妳終於來了！」格雷立刻和我熱情地打招呼，並且努力擠出個誇張的笑容。

緊接著他轉過身，用歡快的語氣對皇家石油的人員說：「對不起，莎拉太思念她的家鄉，所以她是按照西班牙時間過來的。」他話語剛落，會議室裡的每個人都笑了起來，除了安妮，她的表情依然像是一尊凶巴巴的雕像。

我很感激格雷為我解圍，來倫敦這麼多年，我很清楚英國人非常看重時間觀念。為了緩和氣氛，我也盡力調整出一張笑臉，並且和每個人握手，心裡計畫著要把自己在地鐵裡的悲慘經歷告訴他們，這樣，他們或許就能明白一會兒的提案

環節，為什麼既沒有電腦簡報，也沒有半張資料。

但是，就在我認真想說詞的時候，格雷率先開了口：「鑒於皇家石油公司的商標名稱已經簡化，我們此次的提案決定以『簡約美』為核心理念。在這方面，莎拉絕對是名專家，因此，她決定來一次同樣『簡約美』的提案，沒有簡報，沒有紙本資料，就用大家面前的這塊白板，來為大家進行講解。」

格雷說完後，所有人都一副饒有興趣的樣子，連安妮都將胳膊放在桌子上，默默做出「期待」的暗示，唯獨我。我瞪大眼睛看著格雷，真希望身後真的有一片大海，要嘛把他扔進去餵鯊魚，要嘛我自己跳進去，一輩子不出來。

可是現在，沒有大海，只有一個跑得蓬頭垢面的女工程師，正空著手站在會議室裡，面對一群等著她開口的人。

「哦……謝謝你，格雷。」我盡量讓自己說出的話不帶顫音，「對於皇家石油的新網站，我們在遵從簡約美觀念的同時，也並未忽視它的功能性……」

後面的幾分鐘裡，我聽見一句接一句的話從我嘴裡冒出來，但並不清楚自己說了什麼，我看見自己的手在空中比畫著什麼手勢，卻不知道自己到底在比畫什麼。我就像活在夢中一樣，機械似地說著話、做著動作，拚命將簡報上自己所能記住的那些碎片拼湊在一起。

除了我的聲音，會議室裡沒有其他響動，大家全都不吭聲。不對，還有一個聲音，不過只有我自己能聽見，那就是我猛烈的心跳聲，我說了多久，心臟就狂跳了多久，那聲音衝進我的耳膜，好像在幫我的講解伴唱。當大腦中可供利用的碎片越來越少時，我的心臟也越來越快，終於在它快要衝出我的喉嚨時，「啪」的一聲，手中的白板筆掉在地上。

「不……不好意思！」我結結巴巴地道歉，竭盡全力地擠出一絲笑容，然後蹲下去撿。就在要起身的時候，我忽然覺得天搖地晃，所有人的臉都在我眼前變得模糊不堪。該死的！那種眩暈的感覺又來了，為什麼偏偏是現在？

我用手使勁撐了一下地面，想讓自己站起來，可是腿還沒伸直，就看見一個巨大的黑色怪物向我撲來，將我撲倒在地。恍惚中，我似乎聽到了一聲貓叫，然後就是自己墜入大海的聲音。

這下好了，再也沒有什麼提案，我可以安心去和鯊魚擁抱了。

05. 因禍得福

那天，我做了一個特別長的夢。

我夢見自己回到了好幾年前，就是我和傑瑞剛來英國的那一年。夢裡我和傑瑞在倫敦街頭散步，我挽著他的胳膊，我們兩個既親密又快樂。

我夢見自己去一家公司面試，公司的老闆是格雷，他對我做出的網頁大加讚賞，我獲得在倫敦的第一份工作。

我夢見公司倒閉，我和格雷一起加入現在這家公司，一天，老闆安妮將一份文件放在我們面前：「這是你們要做的新客戶，皇家石油。」

我夢見自己一個人在家熬夜做方案，牆上的鐘指向了半夜十二點，一個聲音

猛地在窗外響起：「莎拉，讓我進來。」我戰戰兢兢地扭過頭，看見一隻貓正用西班牙語跟我說話。

我一下子就從夢中嚇醒了，剛剛的那個哪裡是夢，分明就是我真實經歷的寫照。這時候，我看見白色的天花板，稍微扭扭脖子，又看到了白色的牆、白色的床頭櫃，還有穿著白襯衫的傑瑞，他正坐在床邊。

「妳醒了。」看我睜開眼，他輕輕地吻了吻我的手。

當著同病房的人面前，我有些不好意思，趕緊將手抽了回來。但很快地我就後悔了，因為傑瑞已經很久沒有跟我有過如此溫柔的肢體接觸了，我恨不得將手重新塞回去，讓他接著吻，可惜為時已晚。

「格雷打電話給我，說他們叫救護車送妳去醫院。」

「哦，」我仍舊有些意識模糊，有氣無力地說，「沒想到我們那麼多天沒說話，倒在這見面說話了。」

前幾天，因為我們都太忙，經常是他睡了之後，我還沒回來，我醒來時，他已經走了。雖然同床共枕，但卻沒有機會說上一句話。

「這麼說，妳暈過去倒是一件好事，」傑瑞對我說，「但願妳下禮拜能再暈過去一次，這樣我們就又能好好團聚了。」

傑瑞的笑話，一點都不好笑。

醫生說我沒什麼大礙，可以回家休息，於是，傑瑞陪我一起回去。路上，我打給格雷，問他會議的情況怎麼樣，沒想到他先用了好幾分鐘跟我鄭重道歉，說我暈倒都是他害的，他本來是想替我解圍，沒想到卻弄得我神經緊繃。不過，他隨即告訴我一件事，那就是因為我暈倒，反而讓皇家石油的人對我們公司有了深刻的印象，我們也算是因禍得福。

格雷的這個笑話，同樣不好笑。

聽我一副不相信的樣子，格雷趕緊解釋：「是真的，莎拉，妳昏過去之後，我們和他們之間的距離好像一下子拉近了不少。那位行銷部經理跟我們說，他有一次看曼聯比賽時心臟病突發的事，他還在襯衫上比畫搶救時心律調節器的位置呢！大約一週後，我們要再向他們重新提案一次。」

電話結束前，我被告知擁有一週的假期，但是在這一週內，我要嘛將電腦和資料找回來，要嘛重新做一份。

而我呢，既不想去找背包，也不想重做方案，而是想和傑瑞好好過幾天兩人世界。但很遺憾的是，傑瑞告訴我，他最近很忙，不能休假，而且過幾天還要出差，等他回來的時候，我說不定已經重新回去上班了。

第二天，我睡醒後，第一件事就是滿屋子尋找傑瑞，希望他還沒走，希望我們能好好說上幾句話，或者擁抱一下，但屋子裡已經沒有他的身影。

我很沮喪地坐下來，忽然，聽到一個聲音在窗邊響起：「莎拉，還是讓我進去吧。」

我轉過頭，又看見了那隻會說人話的貓。

之前一天倒楣透頂的經歷，加上無法與傑瑞獨處帶來的失落，讓我頓時喪失理智，衝著那隻貓大聲咆哮：「去死吧！」

吼完之後，我疲倦地閉上眼睛，心想如果這隻貓是幻覺的話，這幾聲咆哮應該足以讓自己從幻覺中抽離出來，哪怕她真的是什麼妖魔鬼怪，也一定會被我現在凶狠的樣子嚇跑。

可是，當我睜開眼後，看到她依然蹲在窗外，用一種淡然的表情看著我，彷彿在說：「你們這些愚蠢的人類啊……」

我的身體頓時僵住了。我該怎麼辦？是鑽回被子裡蒙上頭，還是打電話報警，告訴警察我被一隻會說話的貓騷擾？這個時候，我看到鄰居正拿著修剪草坪的工具朝這邊走過來，這讓我更加緊張起來。

萬一這隻貓說話的樣子被別人看到，我的生活必定無法安定下來，這麼想著的同時，我的手不知不覺地伸向了窗戶，等我反應過來的時候，我已經打開窗戶，而她矯健地一躍，穩穩地站在客廳的地板上。

06. 第一次與貓對話

我把那碗牛奶放在桌子上的時候，手一直在抖。

「謝謝妳，莎拉。」貓很有禮貌地向我道謝，然後舌頭不疾不徐地舔著牛奶，就像是一位氣質高貴的淑女。

我靠著牆，開始慢慢接受眼前的一切，我家的客廳裡，真的有隻會說人話的貓。我的腦子快速運轉，很希望能想出一句適合現在說的話，在此之前，我從來沒有和貓對話的經驗——是真的對話，而不是那種主人抱著寵物的「說話」。

我想不僅是我，恐怕誰都沒有這樣的經驗，於是我憋了半天，開口問了問題：「妳怎麼知道我的名字？」她直起身：「我們是鄰居啊，莎拉，這一帶的人

類我都認識。」

「那妳會和每一個妳認識的人說話嗎？」

「不，我不會隨便和人說話。」她答完後，又低下頭繼續喝牛奶。

我們沉默著，一直等到她將牛奶喝光。之後，她跳到地板上，像女王檢閱似的參觀我家的客廳，然後轉頭對我說：「現在正式自我介紹一下，我叫西維亞。」說完自己的名字後，她跳上長沙發，端端正正地臥在中間的墊子上，金色的毛在深紅布料的映襯下，顯得光彩熠熠，整個人——呃，整隻貓，就像一尊人面獅身像。見到此情此景，我簡直有一種想要跪下來拜一下的衝動，她這個樣子，太像是從金字塔裡面走出來的古代神靈了。直到後來我才知道，她是一隻阿比西尼亞貓，確實就是被古埃及人供奉的那一種。

「妳有什麼話要對我說嗎？」我小心翼翼地問西維亞，問完之後，我心中忐忑不已，生怕她像上回一樣，說出些什麼倒楣不倒楣的奇怪預言。

她微微抬頭看了我一眼，用一種很詫異的口氣回答：「妳說反了吧，莎拉，我來妳這，是等著聽妳傾訴的。」

我有什麼好傾訴的？難道需要我把前一天的悲慘經歷再複述一遍嗎？而且是對著一隻貓？

我撇撇嘴：「我不知道該說什麼，而且，我還沒有適應能和妳對話這件事。」

西維亞很不屑地「哼」了一下：「幾千年前，你們人類的祖先在被貓和狗馴化後，還是懂得怎麼跟我們對話的。可是到了現在，唉，你們連和自己的同類都懶得交流，所以，妳不適應和我說話，這很正常。」

我在心中不斷消化著她的話，我們的祖先曾經被貓和狗馴化過嗎？這也太離譜了吧！不過，她有一點說得倒很對，那就是人們越來越不喜歡互相傾訴。

我嚥了下口水：「妳講得沒錯，我們是有些冷淡，但是，很多人對動物說話，比如寵物主人對自己的寵物，並沒有指望對方能理解自己。」

「妳這麼認為，是因為妳從來沒有被動物收養過！」她似乎對我的回答很不滿，很高傲地「喵」了一聲後繼續說道：「我就是為這個才到妳這兒來的。」

「妳說什麼？妳來這裡是為了什麼？」

「我來這裡，是為了收養妳。」

Chapter 2

被貓收養

「貓完全忠實於自己的情感。而人類，因為這樣那樣的理由，可能隱藏自己的感受，貓則不會。」

———美國作家／海明威

01. 被貓收養？別搞笑了！

當西維亞說要收養我的時候，我覺得要嘛是自己聽錯了，要嘛就一定是她說錯了。

明明應該是我收養她吧！我是人類，而她只是一隻流浪貓。有那麼一瞬間，我很慶幸傑瑞沒有看到這一幕，不然他一定會拿著掃把將西維亞拍走。

「親愛的，」西維亞打斷了我的思緒，「就是這樣，我是來收養妳的，而且妳內心深處非常渴望被我收養。」

對於她的話，我簡直不知道該笑還是該哭，「我渴望被一隻貓收養」這件事，我還真是頭一次聽說。

看我不吭聲，西維亞接著說：「我沒有開玩笑，妳以為我到這裡是來玩的嗎？坦白說，跟老鼠玩都比跟妳玩有意思多了。」

「可是……可是我為什麼要被妳收養？我又不喜歡吃鳥和老鼠。」我試著開玩笑，可是說出來之後發現，自己講笑話的水準也不怎麼樣。

西維亞看著我的眼睛，很認真地說：「因為，我可以預測妳的未來，那些妳自己都猜測不到的未來。莎拉，妳的大腦現在已經一團糟，妳的心靈開始枯萎、乾涸，再這樣下去，很快就會變成一片荒漠。」

我倒吸一口氣，不禁用手捂住胸口，不僅因為她宣稱擁有預言的能力，更因為她描述的樣子，確實就是我目前的狀況。

「真是太糟糕了，莎拉，這不是妳想要的生活，」西維亞放慢了速度，但卻加重了語氣，似乎想讓每個字都落進我的心裡，就像心理醫生誘導病人說出真話時的樣子一樣，「妳原本滿懷憧憬來到異國他鄉，希望有好的婚姻、好的事業、好的人生，但是看看妳現在的狀態，莎拉，告訴我，妳真正擁有的是什麼？」

我坐在沙發的一側，閉上眼思索著，慢慢給出答案：「我有……有一份工作，但是我很討厭我的老闆，還有那些傲慢的客戶，我都非常不喜歡；我還有個男朋友，但是最近我們的關係很疏遠，我甚至不清楚，我們是不是還有結婚的可能；我的家人都在西班牙，我的弟弟是個惹禍精，很不讓人放心；我在英國，沒什麼朋友，沒什麼存款，沒什麼值得說嘴的興趣與愛好……」

說著說著，我忽然悲從中來，是啊，西維亞說得沒錯，這確實不是我想要的生活。看起來我什麼都有，但實際上，全都跟我想的不一樣。

等我說完之後，屋子裡重新恢復了寂靜，過了好幾分鐘，西維亞輕輕歎了口氣：「你們人類啊，就是擅長把生活搞得很複雜。」

雖然和西維亞說過的話不多，但是每次她提起「人類」這個字眼，似乎都有些瞧不起的感覺。這個時候，窗外傳來了一陣叫罵，貌似是兩個年輕人在吵架，他們越吵越凶，簡直要把這世界上的汙言穢語用光了，最後，好像還有人踢了一腳垃圾桶。我不禁有些發窘，怪不得西維亞會帶著輕視的口氣，我們這些「人類」還真是喜歡惹麻煩。

這個時候，西維亞躍上了我的膝蓋，她用兩隻前爪抱住了我的手臂，腦袋不停地摩挲我的前臂，嘴裡還發出咕嚕咕嚕的聲音。一開始我還有些吃驚，但很快地就覺得異常舒服，這讓我想起了以前每次筋疲力盡地回到家，傑瑞都會幫我按摩身體，舒緩精神。只是，這樣的情景已經很久很久沒有出現了。

我忍不住伸出手去撫摸西維亞，她的毛很光滑，和絲緞一樣，每摸一次，我心中的焦慮感就會減輕一分。我從來沒有養過寵物，而且對那些把貓貓狗狗當成家人的人很不理解，而現在，我卻有些懂了，抱著這麼一隻毛光水滑的小動物在懷裡，享受著那種滑溜溜的觸感和暖烘烘的溫度，真的是件非常紓壓的事。

而西維亞，一直用她的小腦袋溫柔地蹭我的手臂，像是安慰，又像是在跟我交流，我們兩個半天都沒有說話，就這麼摸來蹭去，像兩個親密無間的朋友依偎在一起。經過這一番身體接觸，我徹底放鬆下來，前一天的倒楣經歷以及與傑瑞之間的疏離，全都被拋在腦後。此刻西維亞對我而言，不再是幻象或可怕的妖怪，而是一位懂得安撫我焦躁與不安的導師。

過了一會兒，西維亞重新跳回到沙發中間的墊子上，恢復成了威嚴的「人面獅身像」，並對我說：「莎拉，妳看，你們人類只要也能這麼坦誠熱情地互相擁抱，即使不用語言，也能讓關係更加親密，可是你們卻偏偏不這麼做，而是猜來猜去，甚至互相傷害。」

沒等我回答，西維亞又繼續對我說：「莎拉，如果妳相信我的話，並且希望發掘出生活的另一番樣子，那就請妳現在回答我：妳願不願意被我收養？」

我該怎麼回答？

我考慮了很久，手臂上溫熱的觸感依稀尚存，如果這就是她所謂的收養的話……最終，我下定決心，對西維亞說：「好的，請妳收養我。」

02. 不要相信妳的心，而要跟著鼻子走

對於我的回答，西維亞沒有顯示出高興或吃驚，彷彿一切早在她預料之中。

她對我點了點頭：「好的，既然妳做了決定，那麼我就要送給妳一個重要的忠告——當妳感到疑惑的時候，讓妳的心跟著妳的鼻子走。」

「我的……鼻子？」這個忠告讓我摸不著頭緒。

「是的，你們人類的語言和內心的想法，都有可能不是真的，就連妳心中的念頭，都有可能是自欺欺人，但是鼻子卻不會欺騙妳，所以，記住，要跟著自己的鼻子走。」

雖然聽得懵懵懂懂，但我仍記住了她話中的關鍵字：「好的，我知道了，我

會關注自己的鼻子。」

西維亞看我領會了她的意思，立刻換了一種很輕快的語氣：「那就好，現在打開窗戶吧，我要走了，以後再見。」

我趕緊開窗，西維亞輕巧而優雅地一躍而出，然後回頭看我一眼，就慢慢地跑遠了。我則依在窗邊很久沒有動彈，心中默默回想著剛才發生的一切，忽然，我發現一個讓我吃驚不已的事實——我剛剛被一隻貓收養了，而且還是一隻會說話的貓！

天啊，這件事絕對不能告訴別人，包括傑瑞，不然所有人都會認定我瘋了，即便他們相信我，也肯定會把西維亞抓起來。於是，我用了一秒鐘，做了平生最迅速的一個決定：我要保守這個祕密，只有我和西維亞知道。

做出決定後，心中踏實很多，只是，西維亞臨別前的話卻依然讓我感到費解，她為什麼叮囑我要跟著自己的鼻子走呢？

整個下午，我都坐在沙發上看電視，但是卻始終心不在焉，時不時就會琢磨「讓心跟著鼻子走」的含意，一直想到晚飯過後傑瑞回家。

「親愛的，妳覺得怎麼樣了？」傑瑞進屋後，一邊換鞋一邊問我。

「好一點了。」我回答。

他走過來抱了我一下，準確地說，是用兩隻手臂蜻蜓點水似的拍了拍我的後背，我剛要伸出手回抱他，忽然，一股奇怪的味道鑽進我的鼻子。

那是一種混合著酒精、料理香料和香水的味道，尤其是最後一種味道，讓我心中一顫。我知道傑瑞下班後經常會和同事去喝上兩杯，甚至可以說，這已經成了他的一種習慣，就像今天，他明知道我因為暈倒而在家休息，卻依然選擇喝酒，沒有回來陪我一起吃晚飯。我可以理解他身上的酒味和食物味道，可是那香水味是怎麼回事？而且，我總覺得那股味道有些熟悉，似乎在哪裡聞過。

我想湊近再仔細聞聞，但是傑瑞已經鬆開我。「你剛剛又去和人喝酒了？」我問。「嗯，不過就喝了一兩杯。」

「你是和誰一起去的？」這是我頭一次問他這種細節問題。

他「啊？」了一聲，好像沒有聽清楚我的問題似的，但隨後馬上回答：「妳都認識的，就是邁克、保羅還有瓦內薩……」

他說這些話時，並沒有直視我的眼睛，而且說完之後就馬上鑽進臥室換衣服。看著傑瑞的樣子，我忽然心神不寧了起來，彷彿那味道不光鑽進我的鼻子，也鑽進了我的腦袋。突然之間，我的腦中閃過一個畫面，或者說是一個片段、一條線索，我上一次聞到那個味道，是在一件衣服上，但是，是什麼時候、在誰的衣服上，我卻已經想不起來了。

「讓妳的心，跟著妳的鼻子走。」西維亞的話，再次在耳邊響起。

03. 我和傑瑞

我和傑瑞，是在西班牙馬德里的一次新年派對上認識的，相識的原因說來好笑，竟然是我們兩個就「新興媒體到底是好還是不好」這個問題無法達成共識。

那個時候我剛從大學畢業，在一家電腦雜誌社工作，心中充滿倔強和好奇，而傑瑞同樣正是最意氣風發的年紀，最不缺的就是驕傲和熱情。於是，就在身邊的人舉杯狂歡、開懷暢飲、順便研究著怎麼從派對上帶走漂亮妹子的時候，我和傑瑞卻在嘈雜的音樂聲中，聲嘶力竭地探討人性和網路的關係。

那場辯論整整持續了一個晚上，最終，我們誰也沒有說服誰，但卻有一種棋逢對手的快感，雖然否定對方的觀點，但又在性格上彼此欣賞。破曉前，我們一

起走出酒吧，微笑地看著彼此，我記不清是誰先吻了誰，但是後面的情節也就順其自然。我們戀愛了，天雷地火，激情澎湃，很快，這份愛就讓我們做出了一個重要的決定——我們要一起去英國，在那裡開始一段新的生活。

說起來，對於來英國這個決定，傑瑞有很大部分是受了我的蠱惑。

我雖然是西班牙人，但卻是在英國出生的，並且在這裡度過了愉快的幼年時光，因此，我對英國有著一種難以言喻的情結。而我選擇來到倫敦，看中的則是這裡的廣闊舞臺，對於一個從事ＩＴ行業的女生來說，沒有什麼比一個國際化大都市更能施展身手了。可以說，我是追隨著自己的心奔赴倫敦，而傑瑞，則是為了追隨我。到了倫敦後的第二個月，我就找到了工作。事業上的野心，讓我迅速克服生活上的不適應，很快，我就成了一個左手拎著電腦包、右手拿著航空公司金卡、時時準備起飛的女強人。

和我的風光相比，傑瑞顯得慢吞吞的。我們剛到倫敦時，他的父母出錢為他買好房子，而我的收入足以支撐兩個人的日常開銷，於是，傑瑞並沒有著急找工作，而是先好好學習一年的英語，之後才去了一家航空公司當工程師。

剛開始幾年，傑瑞的工作非常悠閒，每天準時下班回來後，他就開始收拾房間，整理花園，或是去健身房跑跑步，他甚至還自學了按摩手法。那段時間，每當我一身疲憊地回到家，迎接我的都是香噴噴的飯菜、乾淨整潔的房間，和一位隨時願意幫我進行「愛的按摩」的絕世好男友。而今想來，那大概是我最快樂的時光了。沒過幾年，隨著傑瑞升職成了項目經理，他的私人時間也就越來越少，很快地，他比我忙了。即使能準時下班，他更願意和同事喝上幾杯再回家，用他的話來說，一幫男人在一起喝酒聊天，能夠讓他有最大限度的紓壓。

生活從來都是有得必有失，當我和傑瑞的事業越來越風光的時候，我們的感情生活卻逐漸黯淡。

我們獨處的時間越來越少，即使在一起，也不像從前一樣話題不斷。家裡的廚房，很久沒再飄起我們一起烹飪菜餚的香味，更沒有了那種默契地相視一笑。有時候我會想，要是有個孩子，我們是不是就能恢復以前的狀態了？過去是我因為事業而不想結婚生子，後來，一旦我提到這個話題，傑瑞就會開始沉默。

儘管我很不想承認，但我和傑瑞之間，確實變得很不對勁。

04. 懷疑

第二天，我醒來時，傑瑞依舊不在。

我猶豫了半天，打給好友薇蘿。

說來慚愧，我之所以向薇蘿求助，是因為她有個很不讓人放心的先生。那是一位風流成性的大學教授，動不動就和自己的女學生傳出戀情。每次薇蘿大發雷霆、準備離婚的時候，對方都會痛哭流涕，對天發誓自己絕不再犯，並且還讓薇蘿看在兩個孩子的分上原諒自己，不要讓孩子生活在單親的家庭裡。薇蘿次次都會心軟，但在我看來，與其說她是真的相信對方能痛改前非，或者是出於心疼孩子，不如說，她心中對於自己的丈夫依然有愛。

女人常常會在愛中喪失底線，一面痛苦地抱怨著，一面又不忍離去。

而此刻，我很希望薇蘿可以用她那多年磨練出來的敏感嗅覺，幫我嗅出我的感情到底發生了什麼問題。

當我在電話中告訴薇蘿，傑瑞身上有著別人的香水味時，薇蘿很肯定地告訴我：「他一定是在外面有別的女人了。」

薇蘿不是第一次這麼說傑瑞，記得以前，我對她抱怨和傑瑞的關係越來越冷淡時，她就曾經這麼斷言，但我總會很堅決地回答她：「傑瑞不是那種人，我了解他。」

然而這一次，我沒辦法再如此堅定不移了，我沉默了幾秒後說：「薇蘿，妳說那會不會只是坐在他座位旁邊的人的味道，或者是，他的哪個女同事噴了很濃郁的香水……」

我還沒說完，薇蘿就毫不客氣地打斷了我：「莎拉，我們從小一起長大，妳最大的優點就是善良，最大的缺點就是善良得太過天真。生活不是童話，沒有那麼多美好的誤會，玫瑰花會枯萎，動聽的音樂也會播完，而妳的男友，同樣會去勾搭那些又嫩又漂亮的女生，然後不小心在身上留下偷吃的證據！」

薇蘿的話讓我異常難過，但我依然硬撐著去辯解：「但是，傑瑞一直是個很有原則的人啊，他本身就很討厭欺騙，所以應該不會去欺騙別人，雖然他最近對我是有些冷淡吧……」

薇蘿再次打斷我，並且很不屑地冷笑了一下：「有些冷淡？妳自己算算，你們多久沒親熱過了，妳真的相信一個男人會僅僅因為工作忙而沒有了慾望？那只是他不想跟妳親熱的藉口罷了，但不代表他和別人也會這樣。」

「可是，我曾經直接問過他，是不是有其他的女人，他回答沒有。」

「他說妳就信？莎拉，妳不是天真，妳是蠢！」薇蘿幾乎是在咆哮了。

我沒吭聲。薇蘿或許覺得自己的話有些重，她稍微舒緩了一下語氣，接著講：「莎拉，妳和傑瑞在一起的時間長了，所以，妳可能忘記他是一個很有魅力的男人。他外型帥氣，頭腦聰明，還帶著異域的神祕氣質，在這個到處都是笨男人的國家裡，他甚至不用自己去勾引誰，就會有大把女生主動往他懷裡撲。所以，不要以為全天下的男人都會出軌，只有妳身邊的那個是例外，即使他曾經不會那麼做，但不代表現在依然不會，人是最善變的動物。」

掛掉電話之後，我的心情無比沉重。

如果薇蘿說的不是那麼有道理，我或許就不會如此心痛。但是，她的每一句話、每一個字都切中要害，讓我連反駁的力氣都沒有了。

傑瑞的心中，真的有別人了嗎？我和傑瑞在一起的年頭，比一些人的婚姻還要久，從一個角度說，這證明我們的感情堪稱穩定，但從另一個角度說，我們也進入了審美疲勞的階段，彼此不再新鮮，甚至有些懈怠和厭倦。

身為女人，我很期待天長地久的愛情，但做為一個成年人，我很清楚，這世上並非所有事情都會隨著時間而歷久彌堅。時間會讓很多事開花結果，但也會讓很多事頹敗消散。

我知道，是時候找傑瑞談一談了。

05. 分手

當天晚上，傑瑞回到家的時候，我已經吃完晚飯了。我們依舊沒有什麼交流，直到他洗完澡、來到客廳準備喝水的時候，我才開了口：「我們得談談。」

他沒說話，而是先為自己倒了杯水，一飲而盡後才問我：「談什麼？」

「談談我們的事。」

他歎了口氣：「非得今天晚上說不可嗎？我很累。」

我告訴他，非今天不可。然後，我深吸了一口氣，對他說：「傑瑞，你難道不覺得，我們之間早就存在一些問題嗎？」

聽完我的話，傑瑞忽然抬起頭，用他那雙黑色的眼睛凝視著我。從他進門之

後，從未正眼看過我一次，而現在，他的眼睛裡似乎有萬丈寒冰，讓我不禁心中一凜。

而他接下來說出的話，則更直接地將我推進了深淵：「妳說得對，莎拉，是有問題，我們不能再繼續下去了。」

我萬分錯愕地望著他：「你說不能繼續，是什麼意思？」

「莎拉，坦白說，有些事情我已經考慮好一陣子了，之所以一直沒說，是希望情況能好轉，但是結果讓我很失望。所以，我覺得我們……」

「你是要跟我分手嗎？」我大聲地打斷他的話。

傑瑞沉默了大概半分鐘，但在我看來，這簡直比半個世紀都還長，然後我聽見他說：「不能這麼說，我只是覺得，暫時分開一陣子，對大家都好。」

「暫時分開一陣子？哈，真好笑！」我從沙發上跳了起來，終於忍不住問出那個我最關心的問題，「傑瑞，老實說，你是不是有別的女人了？」

傑瑞一臉震驚加委屈地說：「妳說什麼呢，根本沒有，我發誓。」

要是在以前聽到他這麼說，我很可能會立刻相信他的話，但是此刻，儘管他剛洗完澡，我卻只覺得一股甜膩的香水味，正源源不絕地從他身上飄過來。耳邊忽然響起西維亞的聲音：「讓妳的心跟隨妳的鼻子走。」這句話，讓我心中剛剛軟弱下來的情緒，瞬間又鼓漲了起來：「傑瑞，感情是兩個人的事，不是你說暫時分開，我就必須要接受的，除非你有個合理的理由！」

沒想到，他忽然笑了，而且是那種很不屑、很煩躁的笑：「是啊，感情是兩個人的事，所以也不是妳說不分開，就不分開的。這種事，哪需要什麼理由。」

我的臉瞬間就漲紅了，過了好半天，才從牙縫中擠出一句話：「你早就計畫好了吧？傑瑞，這房子是你的，分開就意味著我要打包走人，所以，你這是在對我下逐客令了？」

傑瑞沒有回答，而沉默本身，其實已經是最明顯的答案。

我看著眼前這個男人，這個我深愛過並且同床共枕那麼多年的男人，此刻正計畫將我掃地出門，一股巨大的悲傷從心底湧出，一切似乎都失去了控制。那一瞬間，我忽然很想抓住些什麼，比如一段感情，或者一個將要離開的愛人，好讓我的生活不至於轟然倒下。我壓抑著心中的自尊，轉而用一種帶著請求的語氣對傑瑞說：「我們在一起這麼多年了，互相幫助對方成長，有過那麼多歡樂時光。我知道，我們現在確實出了些問題，那我們就好好談談，一起面對，甚至要個孩子也未嘗不可，為什麼一定要採取這種方式……」

「沒有意義，莎拉，」他語氣堅決地打斷了我的話，「為了交談而交談，是毫無意義的，妳聽我的，我們分開一段時間，彼此都靜一靜，以後或許還會在一起。」

我這才意識到，他在開口說要分開之前，早就去意已決，不給我任何轉圜的餘地，我心中的恨意一下子代替了留戀：「這不公平，你怎麼能這麼對我？」

傑瑞毫不掩飾地冷笑了一下：「公平？妳跟我談公平嗎，莎拉？別忘了，當初我是為了妳離鄉背井來到這的，這對我公平嗎？」他邊說，邊自顧自地拿起他的手機，熟練地點開裡面的遊戲，一邊玩一邊用冰冷的口氣接著講，「當初剛來英國的時候，我連英語都說不好，我努力學習，慢慢才適應這裡的一切，每天心甘情願地照顧妳的生活，好讓妳去奔赴妳的事業。但是現在，我也有我自己的事業和圈子，我對以前那種生活厭惡透了，妳剛剛說想要孩子，那我老實告訴妳，我不會滿足妳，妳可以去找別人做這一切，我不會阻攔。」

我剛要張嘴說些什麼，卻聽見傑瑞說：「我明天出差，一早就走，現在，妳能不能讓我安靜地待一會兒？算我謝謝妳。」

我愣愣地站在他身邊，看著這個無比熟悉又無比陌生的男人，他剛剛說過的每一句話，都在我腦海中不斷迴盪，混合著一種讓人作嘔的香水味，讓我半刻回不過神。事情為什麼會變成這樣？我原本真的只是想要一場推心置腹的交談，怎麼就變成了分手？為什麼傑瑞突然變成一個我完全陌生的人，對我如此冷漠無情？

此刻，他沉浸在自己的遊戲世界中，隨著裡面的爆炸聲不停喊叫，完全沒有一點難過或留戀的情緒。彷彿這段關係的結束，對他而言，跟倒掉一盤剩菜一樣簡單。我盯著他看了半天，而他絲毫沒有想要理我的意思，最後，自尊心讓我含著眼淚對他吼出：「你今天晚上就睡這，別上樓了！我不想看見你！」

06. 讓鼻子跟隨心？

我站在屋頂上，俯視著腳下這座城市。

這是凌晨三點的倫敦，人們都已經熟睡，只有我們貓會出來悠閒地散步。我跳過圍牆、躍過柵欄，想看看黑暗中有什麼新鮮事。忽然，一股熟悉的味道鑽進我的鼻子，那是老鼠的味道，其中似乎還混合一種詭異的香氣。循著這股味道，我加快腳步，最終，停在一棟房子前，房子的門牌上寫著——傑瑞和莎拉。

我先上了圍牆，然後跳到他們二樓臥室的窗戶外，這時候，我看到莎拉正在床上呼呼大睡，而她的身邊空無一人。在床邊的地板上，放著一件紫色的皮夾克，裡面傳來窸窸窣窣的聲音，很快，兩隻老鼠從衣服下鑽了出來，牠們都用凶

狠的目光盯著莎拉。過了一會兒，兩隻老鼠跳上了床站在莎拉的枕頭邊，牠們對視了一下，然後張開嘴，朝著莎拉的喉嚨咬了下去……

當我喘著粗氣，從床上猛地坐起時，看到時鐘正好指向了凌晨三點。

我第一個反應就是去摸自己的脖子，謝天謝地，沒有傷口，我沒被老鼠咬斷脖子。我又趕緊摸了摸腦袋，耳朵還在原來的位置，臉上也沒長出鬍鬚，再摸摸身後，心裡一塊石頭終於著了地，沒有尾巴，一切只是個夢，我不是真的變成貓。

翻身下床去浴室洗手的時候，我看到鏡子裡的自己，頓時嚇了一跳：那是個異常憔悴的女人，頭髮蓬亂、滿臉淚痕，眼睛深深凹陷進眼眶、眼神渙散，而且佝僂著身子，顯得蒼老無比。天哪，我竟然是這副樣子！我飛快地逃出浴室，重新倒在床上，下意識地往旁邊傑瑞的位置抓了一把，卻只抓到一把空氣。

我這才想起來，幾個小時前，我和傑瑞分手了。痛苦的感覺瞬間蔓延到全身，眼淚再次流了下來，我隱約聽見樓下客廳傳來聲音，那是傑瑞手機遊戲裡的音效。有那麼一瞬間，我很想衝下樓去找他，告訴他我剛剛從惡夢中驚醒，而且心情很難過，從而換取幾句安慰，可是，一想到他那冰冷的眼神和絕情的話，我就沒再動彈。

起碼在今夜，我不可能從他那裡獲取一丁點溫暖，至於以後，我更不敢想。

閉上眼，我試著一點一點地弄清事情的來龍去脈，從那個亂糟糟的早上，一直回憶到昨夜的那場談話。這時，我忽然想到一個重要的資訊：我之所以會對傑瑞產生疑心，全是因為聽了那隻叫做西維亞的貓的話，她在我感到軟弱的時候「收養」了我，然後讓我相信自己的鼻子，我才聞到傑瑞身上的香水味，才會有那場不愉快的交談和之後突如其來的分手。

如果不是因為她的那句所謂的忠告，後面一切就都不會發生，我和傑瑞現在還會同床共枕，或許哪一天，我們還能像以前那樣快樂和充滿默契。

想到這裡，我的心裡湧起對西維亞的埋怨，都怪她，就是她的預言蠱惑人心，才造成了這種結局。但同時，我也恨自己，為什麼要相信一隻貓的話，為什麼偏要選在今天去找傑瑞談，他明明已經說過他很累了。想到這裡，我忽然心念一動，對啊，他那麼累，所以說出的那些話，很可能只是精神不佳時的氣話，其實他還是捨不得我的。

此刻什麼西維亞的忠告，什麼薇蘿的咆哮，什麼香水的味道和理性的思考，我全都不在乎了。就在天將破曉的時候，我做出一個決定，我才不要什麼「讓心跟隨鼻子」，我要讓我的鼻子隨著我的心走，我要在傑瑞出差回來後，找他再談一次，挽回我們的感情，告訴他，我的未來沒有他，絕對不行。

07. 回歸

當我離開地鐵失物招領處的時候，時間已經將近中午。

就在剛剛，我來這裡試著尋找自己的背包。經過例行公事的填寫表格、身分核對後，一位工作人員帶著我來到了倉庫。

說是倉庫，但在我眼裡，這裡簡直就是個博物館。一排排巨大的層架從地板一直延伸到天花板，上面放的全是各種遺失物品。當我經過標示著「雨傘」的架子時，簡直被嚇壞了，那裡的「貨色」簡直比百貨公司還要多上一百倍。

「壯觀吧？」看到我好奇的樣子，工作人員笑著問我。

我點點頭，「太……震撼了！」

我們經過雨傘軍團，又先後走過圍巾叢林和帽子海洋，之後還看到了很多奇奇怪怪的東西，比如一個狐狸標本和幾個有宗教色彩的面具，甚至還有一個骨灰罈——天哪，誰知道會不會有人半夜來認領它。之後，東拐西轉，終於來到了筆記型電腦大本營。

裡面放著大約十幾部筆記型電腦，有的放在背包裡，有的則光溜溜地躺在架子上。我用目光掃視了一下，瞬間就看到了一個熟悉無比的黑色尼龍包，儘管它和周圍幾個黑色背包看起來很像，但我依然能辨認出上面一些特殊的痕跡。「就是它！」我像是一位看到黃金的尋寶者一樣，指著那個背包大叫了起來。

「多麼美麗的邂逅！」工作人員看到我雀躍的表情，也很配合地說道，「真讓人感動。」說完，他又查看了一下背包上貼的標籤，確認和我表格上填寫的一致，最後他拉開拉鍊，取出電腦。

「是的，就是這個，沒錯！」我簡直就要跳起來了。

「恭喜妳！」工作人員笑著把電腦裝進包包裡，並且遞給我。

我接過背包，道謝，然後跟他一起向外走。

在我看來，這無疑是個非常好的兆頭。原本我以為，我的電腦和那些資料，要和我永別了，誰知道，真的有好心人把它們送來這裡，並且成功回歸到我的身邊。我想，這一定是個預示，我和傑瑞的感情一定也能恢復原樣，或許還不僅如此，我的職業聲譽和我的健康，也都可以重新回來，我還是我，那個戰無不勝的莎拉。

想到這，我簡直都想高歌一曲，但就在這時，我看到一樣東西，讓我的心猛地抽動了一下。

那是在經過外套戰隊的時候，我看到架子上掛了一件紫色的皮夾克。我忽然想起昨夜的夢，我在變成貓的時候，也曾經見到一件類似的衣服，而且即使隔著窗戶，也能聞到上面可疑的香味，跟那晚傑瑞脖子上的味道一模一樣。

我的腦袋，忽然像是被人劃開了一道傷口，無數記憶傾瀉而出，而我則在裡面搜尋關於一件紫色皮夾克的片段。

我想起來了！我想起之前是在哪裡聞到那股香水味。大約在一年前，我曾經在走廊的衣架上見過一件紫色的皮夾克，款式很新潮，但卻明顯不是我的，而且上面還散發著一股香水的味道。在看到衣服的前幾天，我和傑瑞剛剛在家開了一次派對，來了很多人，所以我們猜測，一定是誰粗心遺落的，我們甚至分別給自己的朋友們傳了訊息，詢問誰是夾克的主人，我的朋友們都說不是自己的，至於傑瑞那邊，我一直沒有過問。

後來工作一忙，我就把這件事情忘記了。沒想到時隔一年後，這件衣服會出現在我的夢裡，而衣服上的那股味道，卻出現在傑瑞的身上。這兩個線索串聯起來，似乎意味著，某些我不知道的事情已經悄悄降臨在我的生活。

剛剛還明快的心情，一下子灰暗了下來。

回到家後，我做的第一件事，就是衝到走廊的衣架上去找那件衣服。我撥開上面我和傑瑞的外套、圍巾、大衣，一直摸到了光禿禿的黑色金屬架子，都沒有看到那件紫色皮夾克。

它消失了，就如它當初突然出現一般，無跡可查。

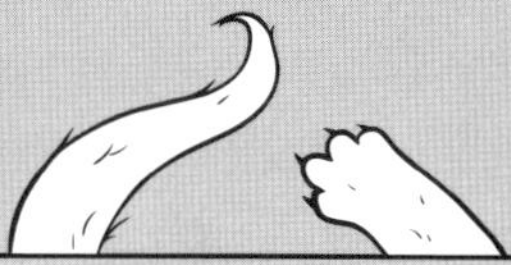

Chapter 3

何必猜測真相，反正總會比想的更糟

「貓與謊言最顯著的區別之一，是貓只有九條命。」

——美國作家／馬克．吐溫

01. 我排斥的味道

下午，我坐在客廳，寄了一封信給格雷，裡面是皇家石油的設計方案和所有資料的電子檔。格雷很快地回覆我，他對於我能找回電腦感到不可思議，同時問我這幾天過得怎麼樣。

過得怎麼樣？絕對是有史以來最不怎麼樣的幾天。我沒有再回覆，而是闔上電腦，準備去廚房為自己泡杯咖啡。而就在我踏進廚房門的一剎那，看見西維亞正端坐在窗臺外，安靜地看著我。

我有些負氣地扭過頭，假裝沒有看見。直到泡完咖啡，我才往窗臺掃了一眼，西維亞依然一動不動地端坐在那兒，一聲不吭，像是一尊人面獅身像。

我歎口氣，打開窗戶，啞著嗓子對她說：「妳進來吧。」

誰知她卻搖搖頭：「不，今天妳出來，跟我走。」

我吃了一驚，趕忙搖頭：「不行，我還穿著家居服呢。」

「誰規定穿著家居服不能出門？」

「可是……外面有點冷。」

「那又怎麼樣，反正妳受的刺激也已經不少了，還在乎冷一點嗎？」

我一下子啞口無言，是啊，她說得對，我確實受了不少刺激，哪一樣都比生場病還嚴重得多。我告訴西維亞，稍等我一下，然後拿了半袋餅乾，換鞋出門。

當我繞到花園的時候，西維亞正坐在臺階上，我一屁股坐在她身邊，將餅乾倒在地上，有氣無力地說：「抱歉，我中午把剩下的牛奶喝光了，現在只有這些餅乾。」

西維亞有些嫌棄地看了一眼餅乾，並沒有吃，而是抬頭對我說：「莎拉，看來上次我們見面之後，妳過得並不好。」我點點頭：「何止是不好，我聽了妳的話，讓心跟隨自己的鼻子，可誰知道妳總是預言些壞事情。現在，我有些後悔了，因為傑瑞提出要和我分手的決定，而且，我還發現一些別的蛛絲馬跡……」

「老鼠的味道嗎？」西維亞突然問我。

我愣了一下，因為她在說出這句話時，「老鼠」用的詞是 rat 而非 mouse，而 rat 在英文裡的另一個含意，則是「背叛」。我忽然想起了那個夢，夢裡兩隻老鼠從紫色皮夾克下鑽出來，跳上床想要咬死我，而夢裡的另一個我，正以貓的樣貌在窗外看著這一切。想到這裡，我有些不寒而慄，看來這個夢才是真正的預兆。

我看著西維亞，艱難地點點頭：「是啊，如妳所說，就是那種味道。」

「所以，妳決定讓妳的心繼續跟著妳的鼻子走嗎？」

我想了好久，告訴她我不知道，我不知道自己接下來應該怎麼做，是該挽回傑瑞，還是該分手，或者是順藤摸瓜，想辦法找到那件紫色皮夾克的主人。

「這樣啊，」西維亞從臺階上跳下來，走了幾步，然後轉頭對我說，「莎拉，妳一直在讓妳的鼻子排斥某些氣味，所以很多事情，妳總是沒有辦法做好準備。」

我明白她的意思，她在暗示我對於傑瑞的忠誠，以及我們的感情還抱有幻想。可是，哪怕我再堅決果斷，面對一個愛了那麼多年的男人，也無法說放手就放手。我對西維亞說：「不是我故意排斥，而是，僅僅憑著那股味道，我也無法確定事情的真相到底是什麼。他那麼堅決地要和我分手，確實很奇怪，我雖然愛他，但畢竟不是傻子，知道他有可能背著我有了別人，所以對我無所謂了。可是，萬一他只是一時糊塗呢？萬一他其實還是愛我的呢？我們在一起那麼多年了，西維亞，我不想就這麼糊里糊塗地分開。」

說到最後，我的眼淚又開始撲簌簌地往下掉。我趕緊用衣袖擦去淚水，西維亞則用她深邃的眼睛盯著我，直到我止住哭聲後，轉過頭背對著我說了一句話：「走吧，莎拉，我帶妳去看看真相。」

02. 想不明白時，就先往前跑

我跟在西維亞後面，朝花園中間的一棵樹走去。當她告訴我，要帶我去看真相的時候，我只覺得心臟一陣狂跳。或許我早該想到，她之所以會找上我，並且收養我，還告訴我那句關於「鼻子和心」的話，全是因為她早就知道一切，包括那件衣服的主人是誰，傑瑞和我分手的真正原因，她早已了然於胸。

是啊，西維亞畢竟是一隻貓，可以二十四小時趴在我家窗臺上，甚至可以尾隨傑瑞去任何地方，說不定她早就偷偷藏起一些重要證據，現在就要拿給我看……這麼胡亂猜測著，我跟著西維亞走到了樹下。

她轉過身，看著我，卻一直沒有任何動作。

到。

我朝樹下打量半天，一路順著樹幹往上看，一直看到了樹梢，卻什麼都沒看

「妳要給我看什麼真相？」我問她。

「妳真的想知道嗎？」她問，並且帶著一股神祕的表情。

「真的，算我求妳了。」

「那好，妳先轉過身去。」

我雖然滿腔疑惑，但是仍然照她說的做了。然而，就在我焦急等待的時候，忽然聽見背後傳來一陣可怕的叫聲，緊接著，就是後頸感到一陣痛楚。我吃驚地回過頭，看到一個完全不一樣的西維亞。

她不再優雅，而是渾身的毛豎起，眼睛露出凶狠的光芒，鋒利的爪子全都露了出來，並且弓著身子，準備再次向我發動攻擊。我摸了摸脖子後面，似乎有一道濕潤的傷口，再看看自己的手，上面果然有血跡。

「妳瘋了嗎？西維亞，妳為什麼抓我？」

她不說話，反而縱身一躍，跳到我的身上，對著我的鎖骨又是一下。天啊，

這是什麼情況？我用力抓住她，把她扔在地上，然後轉身就跑。而西維亞並沒因此善罷甘休，緊緊追在我身後，並且時不時就會竄到我的身上，用爪子製造一道新的傷口。

自從高中參加短跑比賽後，我再也沒有這麼瘋狂地跑過。我拚命地拔腿狂奔，只為了躲開那隻中了邪的瘋貓，什麼證據、真相，此刻都沒有比逃命重要。

我一路以百米衝刺的速度跑進家門，喘氣了好半天，才發現自己異常口乾舌燥。

然而，就在我進廚房倒水的時候，又看到了窗外的西維亞，我剛要轉身逃走，就聽見她用西班牙語叫我的名字，聲音一如以前一樣溫柔。

我這才發現，她已經恢復正常的樣子，優雅地端坐著，似乎還露出一種微笑的神情。

我惱怒地衝到窗邊，對著她大吼：「妳是不是有病？不是要帶我看真相嗎？為什麼攻擊我？」

「因為，這就是真相。」

「啊？」我一下子愣住了，「妳說什麼？我不懂。」

「我說，這就是真相。所謂真相，就是即使不明白原因也不能停在原地，而是要往前跑，不然，妳只會受到更多的傷害。妳看，雖然妳剛才並不懂我為什麼那麼對妳，但是妳卻知道往前跑，這就很好。」

對於她的話，我有些懂，又有些不懂。

我猜，她是在勸我要對自己的感情，盡快做出一個決定，一個不讓自己停留在原地繼續受傷的決定。可是，哪種決定才能達到這個效果呢？

西維亞這時開口說：「你們人類總是有太多的想法，而那只是些毫無意義的猜測，跟真相根本沒有關係，只會讓自己備受折磨。莎拉，我希望妳能明白——相信妳的直覺，然後順著妳的直覺一路向前跑，在這個過程中，妳會發現自己想知道的全部真相。」

說完，她跳下窗臺，像上次一樣跑遠了。

而我則在心中反覆回想著她的話：相信自己的直覺，然後在沿著直覺狂奔的時候，發現真相。

如果按照西維亞的話去做，這一次，又將有什麼事情發生呢？我不確定，但卻明白，我必須有所行動。

03.
莎拉・福爾摩斯上場

記得剛到倫敦的時候，我曾經特意去參觀福爾摩斯紀念館。紀念館牆壁上的一句話讓我印象深刻：「無論真相如何，總好過層層迷霧。」

我很喜歡這句話，卻從來沒有想過，自己的生活也會有迷霧重重的一天，而我必須充當起偵探的角色，自己揪出背後的真相。

我在房間裡來回踱步，琢磨著應該先從哪裡下手。雖然我和傑瑞在一起好幾年，但是我從來沒有偷窺過他的任何東西，手機、電腦一概沒有看過，連屬於他的抽屜也一次都沒有翻過。我對傑瑞，曾經真的是百分之百的信任，然而此刻，我卻不得不打破這份信任，從這間房子裡找到關於他的祕密的證據，這讓我感到

既悲傷，又滑稽。

我走到我們放資料、票據的架子前，我的東西大多雜亂無章地堆著，而他的都分門別類地放在不同的文件夾或者檔案盒裡，還貼上標籤。我深吸一口氣，告訴自己，看一眼這些不算罪過，然後打開一個屬於傑瑞的盒子，盒子裡放著一些票據，我看了半天，沒有什麼問題，接著，我又依序打開了幾個資料夾，裡面的東西同樣沒有任何異常。

然而，在我打開另一個盒子的時候，一張票據吸引了我：**歐洲之星火車票　一百五十六英鎊**。

那是一張半年前的票據，記得那個時候，傑瑞確實去巴黎出差一個星期。我之所以覺得這張票據有些奇怪，是因為傑瑞出差通常會搭飛機，而不是火車。我往下翻了翻，又翻出兩張那一週內的票據：**懸崖酒店　三百六十英鎊**、**蘭壁赫博餅店　四十三點二英鎊**。

我打開自己的電腦，在上面搜索「懸崖酒店」，很快就找到了這家酒店的官網。然而讓我詫異的是，上面顯示酒店的地址，是在諾曼第一個叫做埃特勒塔的濱海度假村。我想了想，搜尋了「懸崖酒店，巴黎」，但是，巴黎並沒有一家叫這個名字的酒店。緊接著，我又搜索「蘭壁赫博餅店」，發現埃特勒塔就有一家。毫無疑問，傑瑞那一週根本就沒有去巴黎，他一直在諾曼第的埃特勒塔。

我看著電腦螢幕，又看看手裡的三張票據，只覺得一股熱血直往頭頂衝，「他欺騙我！」這句話在我的腦海中一遍又一遍地轟鳴，我搖搖晃晃地從椅子上站起來，雙腿發軟，渾身戰慄，我想把票據放回盒子，然而手一抖，盒子裡的票據和帳單卻散落一地。

於是，我決定一不做二不休，我跑到了書房，打開傑瑞的電腦。

平日，我從來不會碰他的電腦，而且對那種偵查對方行蹤的行為，一直相當不屑。但現在，我對自己過去的那種傲慢感到萬分後悔，我輸入他的信箱帳號，然後敲下他慣常使用的密碼，「噔」一聲，我立刻就順利進入了他的信箱。看來，這麼多年傑瑞也很了解我不是那種喜歡偷看的人，所以他的密碼總是那一個，未曾更改。

收件匣和寄件匣裡都存放著各類郵件，我一個一個點進去，其中許多是他和同事談論工作專案的，有的是他和朋友的信件，還有幾封是和我聯絡的信件，剩下的是一些垃圾郵件。但我的目光，很快就被收件匣裡一個陌生的暱稱給吸引住——銀河女孩二十一。

點進去之後，我頓時一僵，那封只有寥寥幾行字的郵件，讓我感覺渾身被人澆了一盆冰水。

04. 這就是真相

螢幕上，顯示著郵件的內容：

主旨：Re:已經告訴她了！

這真是個天大的喜訊啊!!!!難以置信!!!!

瘋狂地愛你，瘋狂地想你。

一千零一個銀河之吻。

那幾行字，我看了足足有十分鐘，到最後，我已經不是在看信的內容，而是茫然地瞪著上面的每一個字發呆。我用力握緊拳頭，手指甲扎進了皮膚裡，然而那種痛感也提醒著我，這一切都不是夢——傑瑞確實有了別的女人，千真萬確。而這個女人，應該就是那件紫色皮夾克的主人，也是那股神祕香水味的源頭。

接下來，我顫抖著在寄件匣中尋找傑瑞發出的郵件，很快就發現了目標：

主旨：已經告訴她了！

親愛的銀河女孩：

我答應過妳，我一定會和莎拉分手，今天晚上我兌現了諾言。雖然，我和她還有許多問題要處理，但無論如何我已經邁出這一步。

瘋狂地愛妳，迫不及待地想和妳開始我們的新生活。

銀河男孩

發送時間是昨天晚上十一點四十七分，大約就是我們談話不歡而散後的一個小時。我簡直不敢相信自己的眼睛，更不敢相信，這個男人在拋棄自己的女友後，馬上就迫不及待地向新歡彙報。而他的措辭，將我們倆稱為「我和她」，而將他和對方叫做「我們」，這種親疏的對比，讓我簡直難過到不能呼吸，我不僅覺得身體發冷，更感到自己的心已經成了一塊寒冰。

我在郵件搜索的地方輸入「銀河女孩二十一」，調出他們之間往來的所有郵件：一千八百八十三封！而最早的一封信，竟然是在兩年前。

我不禁驚訝地捂住嘴，天哪，我竟然被騙了這麼久？而且幾乎沒有任何察覺。

我馬上看了他們最近幾個星期的郵件，大多是商量約會時間和地點，此外，還有一些傑瑞寄給對方熱門電影的連結，估計是想讓對方挑選一部可以一起看的電影。看到這裡，我的心中頓時一陣淒涼，要知道，我和傑瑞已經很久沒有一起去電影院看電影了。

我連著看了幾十封郵件，儘管沒有從中獲得多少資訊，不過我能看出，她和他是在同一家公司上班，而且看對方寫信的語氣，似乎是個很年輕的女生。

為了搞清楚他們是怎麼勾搭上的，我決定從他們兩年前剛剛開始通信的時候看起。

起初的幾封郵件，他們基本上只是暗中調情，但是過沒多久，兩個人似乎就突破了最後的界線，郵件內容也變得火辣起來：

「嗨，西班牙情人，我們什麼時候再見啊？」

「妳不能讓我先休息一會兒嗎？」

「我以為西班牙情人是永遠不知疲倦的。」

「跟妳在一起，太危險了。」

「你別轉移話題。」

「明天再說吧。」

「明天？那可不行，今天我是不會讓你回到你那個沒勁的女朋友那兒去的。」

「沒勁的女朋友」，這是我第一次出現在他們的對話中，我只覺得一股怒氣堵在胸口，恨不得將那個銀河女孩二十一從電腦裡抓出來，狠狠搧打上幾個耳光。

有封郵件裡，傑瑞還寄給對方一張他的照片，看到那張照片，我的心又痛得縮成一團。那是我一年半前和他去義大利旅遊時，我親自幫他拍的，背景是維諾納最著名的景點——茱麗葉的陽臺。照片中傑瑞笑得很陽光，整個人也格外帥氣。

然而讓我痛心的，不僅是他把我幫他拍的照片，轉手就發給自己的情人進行炫耀，更是因為另一張同樣背景的照片，此刻就擺在我們的床頭櫃上。唯一的區別就在於，家中的那張照片上，是我們兩個人的合影。

還記得當時幫我們拍照的導遊，在將相機還給我時，還特意對我們說了一句：「相愛到永遠！」

05.
可笑的忠誠

我在電腦前一坐就是兩個小時，看著一封又一封的郵件，從天亮看到夕陽西下，每看一封，都覺得胸口被人又猛地插了一刀。

西維亞大約在半個小時前，就已經坐在書房的窗戶外，她沒有叫我的名字，也沒有撓窗戶，就那麼安靜地看著我，似乎想要見證這一切。而此刻的我，根本無暇顧及她，我的全部精力都被那些郵件消耗著，透過那些郵件，我在大腦中勾勒出傑瑞和那個年輕女孩的整個故事。

在兩個人地下情大約半年後，女孩的想法有了改變，她顯然不想只做傑瑞的祕密情人，於是，開始和他探討一些關於婚姻的話題：

「你不想建立一個家庭嗎？為什麼你不和莎拉生個孩子呢？」

「莎拉不想要孩子，以前她是希望先把事業做好，再討論孩子的問題，可是現在，她依然沒有這個打算。算了，這已經不重要了，反正我和莎拉之間的感情已經產生裂痕，這妳也知道。」

說謊！這個卑鄙的騙子，我幾年前確實說過先不著急要孩子，但是這兩年，我不只一次明示暗示過傑瑞，我們或許可以為家裡再添上一個人，但是他不是裝沒聽見，就是轉移話題，而現在，他竟然把責任全都推到我身上，真是個混蛋。

「我想念你，我的西班牙戀人，非常想念。我是不是愛上你了呢？但願你能憑你那比我豐富得多的人生閱歷，為我解答這個問題。」

「其實我比妳更加迷惘。我覺得妳把我變成了一個十五歲的少年。難道妳給我施了什麼巫術嗎？——銀河男孩」

這是傑瑞在郵件中第一次署名「銀河男孩」，我不太清楚這個名字的出處，但是一個三十多歲的男人這麼稱呼自己，真的讓我感到有些噁心。在我面前，傑瑞總喜歡扮演成熟的智者，而在另一個女人那裡，他卻號稱自己回到了十五歲，還自喻為男孩，那一刻，我簡直懷疑，這封郵件裡的傑瑞和我每天看到的那位，是不是同一個人。

在近半年的郵件裡，銀河女孩二十一顯然已經有些心神不寧：

「你到底準備什麼時候告訴她？你說夏天過去之後，可是現在已經是十一月了。你究竟在耍什麼把戲？」

「我一定會告訴她的。但現在不合適，我正被工作上的事情弄得焦頭爛額，她也是。」

「我們不能再這樣繼續下去了，傑瑞，如果你再食言，我們就分手。我不知道你到底是怎麼想的，不知道你是不是還在和她做愛，也不知道你究竟愛誰。我只知道我們在一起已經兩年了，你卻仍舊把我當成你的情婦般對待。我厭倦了，厭倦透了！我真想直接到你家，當著她的面把一切說清楚。」

「我們不能再這樣繼續下去了」，這句話和昨天晚上傑瑞對我說出的那句，幾乎一模一樣。而正因如此，我感到異常氣憤，他將別人附加在他身上的話，用在我身上，這對我太不公平了。不過，讓我稍微感到好受一點的是，看來傑瑞一直在拖延著她，一再出爾反爾，只為了自己能夠繼續左右逢源地生活。原來，他並不是只對我那麼壞。

但是，在看到傑瑞的回信後，我發現自己簡直蠢透了：

親愛的：

非常抱歉。我知道我為妳帶來很多痛苦，但請妳不要對我失去信心。我永遠不會對妳說謊，不會背叛妳。我答應過妳要對妳忠誠，所以儘管我和她住在一起，但我的身體和靈魂都只屬於妳。

我的愛人，我的銀河女孩，妳征服了我的靈魂，改變了我的人生。我一定盡

快把問題解決，和妳開始我們的新生活。

我的眼淚一下子就充滿了眼眶，現在我終於明白，他為什麼這麼久都不和我親熱，因為他答應過她，要對她忠誠。這是多麼感人肺腑的諾言啊，他選擇對自己的情人忠誠，而不是我這個正牌女友；他狠下心對我置之不理，卻把全部的身心都留給別人；他背叛了和我的誓言，卻信守著對她的承諾。

這真是個忠誠的好男人，我想仰天大笑，為自己此生能認識這樣的好男人振臂歡呼。

可是，笑沒兩聲，我就忍不住哭了起來。憤怒、屈辱、悲傷、震驚一起向我襲來，瞬間就把我擊倒了，我從開始的啜泣，慢慢變成失聲痛哭。就在早上，我還計畫要放下自尊，去和傑瑞重修舊好，而今看來，自己真的和薇蘿說的一樣，善良到天真。

傑瑞不是簡單的劈腿，而是徹底的移情別戀，他對我不僅是不愛了，而且已經是厭惡至極。

如果傑瑞現在站在我面前，我一定會抓起水果刀殺了他，然而此刻這棟房子裡，除了一個嚎啕的女人，就只有窗臺外的那隻貓。對啊，西維亞還在窗外，忽然間，我很想和她說些什麼，或者，把她抱在懷裡，痛痛快快地哭上一場。

我用盡最後一點力氣，走到窗戶邊，將窗子打開。而就在西維亞跳進來的一瞬間，我只覺得眼前一黑，整個人重重地倒在地板上。

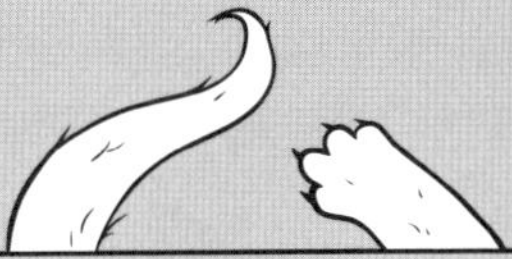

Chapter 4

避難之旅

「沒有什麼能讓貓激動，但牠們知道一切，牠們是救世主。」

———美國詩人、小說家／查理斯·布考斯基

01. 我要逃離這裡

當我醒來的時候，只覺得後背一陣疼痛，一定是剛剛倒下的時候，不小心撞傷了哪裡。

此刻，我的身下是冰冷而堅硬的地板，即使隔著家居服，依然能感受到一股寒意正透過地板，源源不絕地侵入我的身體。按理說我應該迅速爬起來，洗個澡，換套乾淨的衣服，再喝杯熱茶，但是現在，我除了繼續躺在這裡，什麼也不想做。

忽然，一個毛茸茸的貓掌放在我的額頭上，西維亞的聲音從頭頂傳來：「嗨，親愛的，別擔心，還有我在，一切都會過去的。」西維亞並沒有問我什

麼，但顯然，她已經從我剛才的反應中看懂一切。而她的貓掌傳來的溫度和柔軟，則是我在徹骨寒冷中的唯一溫暖。

我一把將她緊緊摟在懷裡，眼淚瞬間就流了下來。「西維亞，我到底該怎麼辦？」

「呃……我要是妳的話，就會先放開懷裡的這隻貓，因為她快被妳勒死了。」聽到西維亞這麼說，雖然我處在極度悲傷中，但還是忍不住笑了一下，然後將手鬆開。

西維亞長吁一口氣，接著說：「然後，我建議妳爬起來關上窗戶，妳剛才已經發抖半天了。」我掙扎著站起身，關上了窗子，這時候我才發現，外面已經天黑了，不知道我到底在地上躺了多久。我抱著西維亞來到臥室，然後頹然地倒在床上，她則伏在我胸口問：「莎拉，接下來妳準備怎麼辦？」

「我要在這裡等傑瑞回來，然後跟他好好算帳。」

「妳想怎麼算帳？」

「我要殺了他。」或許是因為哀莫大於心死，我的口氣顯得很平靜。

「然後呢，妳指望我把他的屍體全都吃掉？還是幫妳扛著行李箱，去郊外毀屍滅跡？或者是，在妳被判終身監禁後，去監獄裡營救妳？」西維亞問我。

我沒說話，因為她的這些玩笑提醒了我，我只顧著將傑瑞撕成碎片，卻沒想過自己要為此承擔的代價。

「那妳說，我該怎麼辦？」我問她。

「要我說，妳現在應該趕緊離開這裡，不然以妳現在的狀態，過幾天看到他，即使不真的殺了他，也一定會做出讓自己後悔的事。馬上找個妳能信賴的人，找個關心妳的人，我們現在就走。」

我搖搖頭：「反正傑瑞這幾天出差，我自己待在這裡也一樣，再說了，還有妳陪我。」

西維亞的語氣顯得很焦急：「那不一樣，我們貓習慣遇到天大的打擊都自己處理，但你們人類可不行，妳現在留在這裡，除了觸景傷情讓心情更糟外，什麼好處都沒有。妳必須先找個避難所，找個能照顧妳生活的人躲上幾天，再說了，我可沒辦法幫妳做飯。」

聽了她的話，我忽然意識到，自己此刻確實需要一位人類朋友的陪伴，和一個能讓我暫時離開傷心之地的所在。不然接下來這幾天，我除了對著這棟房子的每一個角落流淚外，估計什麼也做不了，搞不好，還會想不開做出傻事。

我想了好久，一開始我想訂機票回馬德里，但是很怕一旦回家，我就再也沒有勇氣重返英國，想來想去，我決定打電話給皮普和布萊恩。他們原本是傑瑞的朋友，但這麼多年下來，這對夫妻跟我反而更談得來。

電話接通的那一瞬間，我聽到皮普歡快的聲音：「嗨，莎拉，最近過得怎麼樣？」

「皮普，妳現在方便聽我說兩句嗎？我……我真不知怎麼開口。」

「方便啊，妳怎麼了，親愛的？」

「我剛剛發現傑瑞他……」說到這，我一下子淚如雨下，費盡力氣才讓情緒不這麼崩潰，然後哽咽著說，「愛上了別的女人。」

02. 傾訴專場

現在是晚上十點二十分，距離皮普到來，大概還有十五分鐘。我收拾好自己的一些換洗衣物、護膚品和充電器之類的必需品。現在，我重新回到客廳，將之前散落一地的票據收好，放回原位，之後又來到書房，關上傑瑞的電腦。我決定，在傑瑞回來時，不讓他看出我做過什麼，也不讓他猜出我知道了什麼。

他瞞我那麼久，現在，是時候讓我掌握一回主動權了。

最後，我巡視了一下屋子，確定沒有留下偵查的痕跡，然後走到一樓大門口，穿好外套，一手拖著行李箱，一手拿著自己的電腦包，自我鼓勵似地做了好幾個深呼吸，隨即推開大門走了出去。

剛一出門，就看見皮普從車裡跳了出來，上前給我一個大大的擁抱：「親愛的，真為妳感到難過！」剛剛還想故作一下堅強，而今在她的懷裡，我又再一次崩潰了，當著鄰居和行人的面，我趴在皮普的肩膀上哭了起來。

皮普接過我手中的行李放到車上，然後輕聲對我說：「親愛的，我們走。」這個時候，我忽然想起什麼，轉身抱起一直蹲在我腳邊的西維亞：「我能帶她一起走嗎？」

「當然沒問題，」皮普笑著說，「我喜歡貓。」

趁著皮普轉身，西維亞朝我贊許地點了點頭，用只有我能聽到的音量小聲說：「妳這個朋友不錯，我喜歡她。」

一路上，皮普問了我事情的大概經過，在聽到傑瑞和我分手後一個小時就迫不及待對情人彙報喜訊的時候，她忍不住飆出了好幾句髒話：「這個混蛋中的混蛋，簡直不是男人，我皮普會認識這種人，真是倒楣。」

而當我們回到她家，我對布萊恩再次複述整件事時，皮普又義憤填膺地咒罵了一遍，布萊恩則表情尷尬，因為他和傑瑞時不時還會一起喝酒聊天。不過看得出來，布萊恩也為朋友的這種行為感到難堪。

「現在妳打算怎麼辦？賣掉房子回西班牙？」皮普一邊問，一邊遞給我一大塊蘋果派。

我一時有些語塞，事情發生到現在，我從來沒有想過分手後我的生活將怎樣繼續，我沉浸在情感世界的痛苦中，對於實際問題，一個都沒考慮。

「我不知道，西班牙這些年經濟狀況很不好，我不想回去，房子是傑瑞家人買給他的，我只有收拾東西走人的分……天哪，我以後該怎麼辦，我的那點薪水，別說買房，連租房都好困難！」我越說越驚恐，最後忍不住大叫了起來。

皮普和布萊恩急忙安慰驚慌失措的我：「別著急，總會有辦法的。」

通常人們說「總會有辦法的」時候，是因為他們也實在想不出什麼辦法，只能靠這種方式表示一下安慰。然而此刻，什麼安慰對於我都是沒用的，精神的重創、現實的殘忍，一起向我凶狠地撲來，快要把我壓垮了，我需要好好地發洩。

我愣了半天，才對皮普說：「我想打個電話到西班牙。」

她點點頭：「當然，妳想往哪兒打就往哪兒打，北極都行。」說完她幫我泡了一杯熱茶，然後拉著布萊恩離開客廳。

我先撥了家裡的電話，但還沒等到接通就趕緊掛掉了，然後，我決定還是打給在西班牙的朋友們——派特里、蘇珊娜，還有其他一些人，最後才是薇蘿。我向她們每個人哭訴了一遍傑瑞劈腿的事，每複述一遍，心又重新碎了一次。到最後，我忽然很希望語言也能有個複製貼上鍵，將那些關鍵對話，諸如「他已經和她在一起兩年了」「我已經離開那了」「我再也不想見到他了」這些話不停重放，而她們在電話那頭負責咒罵傑瑞，我在這頭負責哭。

薇蘿對於傑瑞的行為，顯然一點都不意外，她把別人用來驚訝的時間，都用來讓我破涕為笑：「我們把他的奧迪、望遠鏡和其他值錢的寶貝，都捐給慈善機構，然後把他那些破書和雜誌都燒了，家裡的電器全都拆成零件，對了，等等我列個清單給妳，我們好好計畫該怎麼辦。」

雖然我和薇蘿都知道，那些復仇計畫一個都不能實現，但是她卻讓我發現，自己在最痛苦的時刻，依然擁有笑的能力。

和朋友們通過話後，我自己坐在客廳想了半天，最後，還是再次撥了家裡的電話，而隨著電話那頭一聲懶洋洋的「喂」，我的心「咯噔」一下，接電話的是阿爾瓦羅，我的弟弟，也是我此刻最不想與之交談的人。

03. 家變

從小我和阿爾瓦羅就互相看不順眼。那個時候我家的書店生意還很好，所以阿爾瓦羅很早就走上「紈袴子弟」的那條路，從十三歲起，他的世界就被一幫蠢貨填滿了，那些人只關心漂亮女生、摩托車和搖滾歌手。原本我以為，等他長大一些就會變得懂事，誰知道越來越不成器。

大學三年級的時候，他突然輟學說要去當導演，父母花鉅資把他送到紐約的電影學院進修，但沒過幾個月他又變卦了，說要去當DJ，父母又順了他的心意，可是這份工作他也沒做多久。之後的幾年裡，阿爾瓦羅便把酒吧和派對當成家，把喝酒和泡妞當成事業，他做的這一切，雖然從來不避諱我，卻故意瞞著父

母，以致於父母一直以為，自己的兒子是個為夢想而拚搏的有志青年。

雖然，我和這位親愛的弟弟不是同一路人，但也沒有想要跟他發生衝突，直到母親因為肺癌住院時，他偷偷讓母親抽菸，導致母親咳血，我才徹底發飆。記得當時，我在醫院走廊揪著他的衣領連吼帶叫，將他從小到大的劣跡全都翻出來罵了一個遍，因為情緒太過激動，以致於好幾位保全和護理人員合力勸阻，才終於把我拉開。

從母親葬禮後，我就很排斥和阿爾瓦羅說話，即使不得不對話，也必定是句句帶刺。而就在這個我最脆弱無助的晚上，卻偏偏就是他接的電話，有那麼一瞬間，我真的覺得上天是看我還不夠慘，所以還要故意整我一下。

「哎呀，是我親愛的姊姊啊，我真是太思念妳了。」

「聽著，阿爾瓦羅，我沒時間聽你陰陽怪氣。我剛剛和傑瑞分手了，現在整個一團糟，叫爸爸接電話。」我盡量讓自己的語氣顯得冷靜而嚴肅。

「天啊，姊姊，真糟糕！他和別的女人搞外遇嗎？」

「是，行了吧？快叫爸爸接電話。」

可是對方並沒有要放下電話的意思：「我早就說過這傢伙是個偽君子，可是妳根本不聽。不過，爸爸現在遇到大麻煩了，估計沒心情聽妳的失戀故事，莎拉，妳得幫幫我們。」

我的心一沉：「家裡出什麼事了？」

「我們破產了。」

「你說的破產是什麼意思？」我趕忙追問。

「也就是說，書店已經倒閉了。這些年我們過得很不好，只不過沒有對妳說而已，三年前，我們就把房子抵押出去還債了。」

「可是，可是……」我一邊壓抑自己又快失控的情緒，一邊在大腦裡搜尋著資訊，「可是前兩年我還看你買了跑車，還出國旅遊，難道你用的都是抵押房子的錢？」

「那又怎麼樣，難道只有妳有權享受好的生活嗎？再說了，那時候我以為經濟危機一兩年內就會結束，誰想到會持續這麼久。」阿爾瓦羅不耐煩地打斷了我。

「你也是個混蛋，阿爾瓦羅，我恨你！」

我剛要掛斷電話，卻聽見那邊傳來了一陣對話聲，緊接著，就聽到父親那虛弱、疲憊的聲音：「莎拉，我的女兒，親愛的……」

父親剛一開口便哽咽了，隨後用很壓抑的聲音哭了起來，我開始安慰他，叫他別著急，跟他說我們會有辦法的。但從頭到尾，我都沒有把自己的遭遇告訴他。

掛上電話後，我向皮普和布萊恩道晚安，然後去客房休息。才一進房門，我的眼淚就又落了下來。幾個小時前，我以為發現傑瑞出軌，就已經是我人生的世界末日，然而此刻我發現，那並不是什麼末日。

現在才是。

04.
最後的約會

一夜惡夢。

我夢見自己和傑瑞見面了，他用力地擁抱我，向我誠摯地道歉，甚至跪下來乞求我，說要和我重新開始。就在我猶豫要不要答應他的時候，突然從旁邊竄出一位年輕女孩，拚命捶打著傑瑞，說他是個騙子。而傑瑞見到女孩後，忽然變成另一副模樣，他牽起女孩的手，轉過頭對我說：「莎拉，妳看看自己的樣子吧，我怎麼可能還繼續跟妳在一起。」我想衝過去揍這兩個人，卻始終追不上他們的腳步。

後來，我還夢見了很多場景，具體細節記不大清楚，但無一例外全是惡夢，

全和傑瑞有關。

我忘記自己驚醒了多少次，每一次，都能看到西維亞蹲在枕頭邊看著我，並且伸出毛茸茸、暖烘烘的貓掌不停安撫我。等到天亮時，我再一次醒來，卻再也睡不著了。

起身看著窗外，我忽然明白自己的心。雖然我逃離了生活好幾年的房子，但是在內心深處，我並沒有逃離開那個住在房子裡的人，我還是很希望和傑瑞見面，很希望他能為自己的卑劣行徑向我道歉、懺悔，甚至請求我的原諒。

或許很多在感情裡受到傷害的人，都曾有過這樣的想法，希望對方能承認做錯了，能夠為傷害自己而倍感愧疚，能夠對這份感情，有些肯定和留戀。之所以抱有這種希望，並非為了真的重修舊好，不過是希望在最後時刻，為自己的感情和所受的傷害，要一個說法。

我猶豫了半天，拿起手機刪了改、改了刪，用了半個小時，才打好一則訊息，並傳給傑瑞：「等你出差回來，我們見面，談分手的事情。」

我很快收到他的回覆：「我明天晚上就能回來。」我有些疑惑，之前不是說工作要一週後才能完成，難道他又騙我了？但我很快告訴自己，這已經不重要了。

「好，那就後天十二點三十分，肯辛頓公園的圓池塘邊見。」

「沒問題。妳……還好嗎？」

我還好嗎？明知故問，當然是不好。我關掉了螢幕，沒有再回覆。

關於見面地點，我是特意考量過的，選在公共場合，我會比較有安全感，而且那裡的人潮還不算太多，這樣無論我是對著他大喊大叫，還是搧他耳光，都不會引起嚴重的圍觀。其實，我還有一個潛藏的想法，那個噴泉是我和傑瑞剛來倫敦時，都很喜歡的一個散步場所，我們曾坐在噴泉旁的長椅上暢想未來，計畫結婚後要一起去環遊世界，甚至討論以後我們的孩子叫什麼名字。我希望，傑瑞能夠在那裡想起過去的美好時光，並由此發覺，背叛我是一件多麼愚蠢的事。

之後的兩天時間，我都在暗自設計著見面時要說的臺詞，猜測他會做出的回應，並且準備好我的進一步追問。而每當我心情亢奮、思緒紛飛的時候，西維亞就會一臉憂心忡忡地在旁邊觀察著我。

一直到我要和傑瑞見面的那天早上，她才正式開口問我：「妳這幾天，又是自言自語，又是比畫著，是準備做什麼？」

「我約好一會兒和傑瑞見面。」

西維亞歎口氣：「我並不覺得這是個明智的決定。」

我卻堅決地搖搖頭：「西維亞，我知道妳總能預測出事情的走向，可是這一次不行，我們必須見面，而且我馬上就要出門了。」

就在我化完妝，拿起雨傘準備關門的時候，西維亞鑽了出來，用一種很無奈的語氣說：「我陪妳一起去吧，不然，誰知道妳會做出什麼傻事。」

「妳是怕我殺死他嗎？」我一邊撐開傘，一邊問。

「當然不是，我是怕妳殺掉他，但卻殺不掉自己的記憶。」

05. 再見傑瑞

隔著老遠，我就看見傑瑞正坐在長椅上。西維亞敏捷地爬上一棵樹，對我說：「莎拉，我就在這兒，沒問題吧？」

我點點頭，然後深吸一口氣，故作鎮定地朝著傑瑞走去，之後在距離他兩公尺的地方站定。

「妳好啊，莎拉。」傑瑞的口氣似乎帶著些輕慢。

「你好。」我盡量讓自己的聲音不發抖。

「要不然，我們到別的地方去吧。」他抬頭看了看天上的雨說。

「不用了。」我堅決地回答。

傑瑞聳聳肩：「好吧，那隨妳。」

我正琢磨著接下來該說哪句話時，一陣大風吹了過來，我手中的傘差點被颳走。傑瑞這時候站起來，並且向我走了兩步：「來，一起撐我的傘吧。」

看到他離我越來越近，我卻不知為何突然有些怒不可遏：「你給我滾遠點。」

傑瑞愣了一下，語氣變得惱怒：「莎拉，妳說話不能尊重別人一下嗎？」

「尊重？」我準備好的臺詞終於要派上用場了，「那好，我們現在就來談一談尊重。傑瑞，你是不是做了什麼不尊重我的事，一直瞞著我？」

他的眼中閃過一絲驚慌，但隨即就被無辜的神情代替：「沒有啊，怎麼會。」

我氣得呼吸都急促起來：「我再給你最後一次機會，你要說實話。」

「真的沒有，妳應該知道，我從來都不會欺騙妳，妳說的話我真的聽不懂。」傑瑞一臉真誠，要不是我之前看到了那些郵件，不然一定會被他現在的樣子欺騙。

「那好，我問你，誰是銀河女孩？」

「啊？」他很吃驚地叫了一下，但仍然堅持地說，「那只是我的一個同事啊，有什麼問題嗎？」

「有問題！你跟我分手的當晚，就迫不及待地告訴她，想要和她展開新生活。」

當我說出這一句話後，我看到一個完全陌生的傑瑞。他的表情瞬間變得很平靜，語氣也冰冷下來：「莎拉，我沒有把這件事告訴妳，是因為我不希望妳受到傷害。沒錯，我是有了別的女人，是從幾個星期前才開始的。」

「呸！你這個騙子，我已經看到了你們的郵件，你們已經在一起兩年了，兩年！」

我強忍著淚水，竭力不讓自己崩潰，明明現在應該手足無措的是他，為什麼他卻一副很冷靜的樣子？

過了好久，他才抬起頭，但是眼神中卻沒有一絲難過和愧疚：「莎拉，這個世界上有很多曾經相愛的人，隨著時間的流逝，之間也就沒有了愛情。現在我又遇到一個我愛的人，我沒告訴妳，是為了妳好，怕妳承受不了這樣的打擊。妳之所以這麼傷心，是因為妳偷看我的信箱，但這不能怪我。就好像妳在下雨天出門要是不撐傘，被雨淋濕了，這既不是雨的錯，也不是傘的錯，只能怪妳自己。」

我發誓，這是我活了這麼多年，聽過最厚顏無恥的話。他不僅一點也不認為自己有錯，一點不為傷害我而感到內疚，一句道歉或安慰的話都沒有，還嘲弄我是自作自受。

他奪走了我的愛和對未來的憧憬，現在，連我的自尊也要奪走，這一刻，我終於忍不住爆發了。

我忘了自己是怎麼揮出手中的雨傘的，只記得他在閃躲的過程中，把自己的帽子和傘都弄掉在地上，而且頭也被我打出血。

「妳差一點把我的眼睛弄瞎了！」他一邊憤怒地大叫，一邊想要躲開。

「是嗎？差一點嗎？那我現在乾脆就把兩隻都弄瞎！」我嚷道。

傑瑞趕忙用雙手護住了臉：「天啊，莎拉，妳這是嫉妒心在作祟吧，妳是不是覺得我是因為對方年輕漂亮，所以才愛上她？要不然，我把我的健身卡送給妳，妳多運動運動，神經就不會這麼敏感了。」聽到他這句話，我完全失去了理智，只感覺他在譏諷我已經不再是如花似玉的年紀，不能和他年輕貌美的新歡相提並論。

「去你的健身卡！」我舉起雨傘，一邊瘋狂地追打他，一邊對他大聲咒罵，而他則一邊大叫一邊逃開，直到消失在我的視線中。

我在雨中站了好久，等我回過神來的時候，雨傘正躺在地上，而我則淋得像隻落湯雞。

我沒有去撿雨傘，而是轉身頹然地向公園大門走去。就這樣結束了，我預想的場景一個也沒有發生，沒有真誠的道歉，沒有發自肺腑的懺悔，沒有心疼和憐惜，甚至，沒有一句能證明他對我尚有感情的言語，我就這麼被傑瑞奚落羞辱了一番，然後徹底被拋離出他的生活。

儘管他剛剛挨我的打，但又有什麼意義呢？他會帶著身體上的傷痕，毫無牽掛地奔向新歡，而我要帶著心裡的傷痕，繼續未來艱難的人生。

走出公園大門，我漫無目的地走著，一走就是好幾個小時。當我走到泰晤士河邊的時候，才發現雨不知道什麼時候已經停了，而且天也快要黑了。

看著奔騰的河流，彷彿裡面挾著無盡的恥辱和憤怒，正呼喚我跳入河中，趕緊結束這失敗的一生。

我朝著護欄，毅然走了過去。

06. 重生

「嗨，妳要幹嘛？」

當西維亞的聲音在耳邊響起時，我整個人震了一下。

「西維亞？」我嚇得不敢回頭，戰戰兢兢地問。

「當然是我，我跟著妳走了半天，妳竟然都沒有發現我。」

幾個小時，我沉浸在和傑瑞決裂的悲傷和憤怒中，把西維亞忘了精光，全然沒有注意到她一直跟在我身邊。

「莎拉，妳幹嘛往河邊走？妳該不會是要跳河吧？」我嚥了一下口水，不敢告訴她「猜對了，我就是要跳河」。但也多虧西維亞的呼喚，此刻的我，忽然像從夢中醒來一樣，剛剛黑暗河水所發出的強大召喚，現在漸漸聽不到了，取而代之的，是另外一些不一樣的想法：我要是真的死了，我的父親該怎麼辦？家裡剛剛破產，兒子又不成器，如果再失去我這個女兒，父親能承受這樣的打擊嗎？還有薇蘿，還有皮普，還有那麼多關心我的朋友，他們一定都會很難過。而造成這一切的那個人，他既不會因為我的死而和新歡分手，也不會良心發現，忽然發覺其實我才是他的真愛。最關鍵的是，我的一生將永遠定格在這個最失敗潦倒的時刻，即便出現在報紙上，標題也一定異常聳動——「某西班牙女性跳泰晤士河身亡，疑似感情問題」。想到這裡，雖然還是難以抑制悲傷的情緒，但是已經有一部分理智重新回歸我的大腦。

我得活著，雖然很艱難，但我必須活下去。

這時候，我覺得小腿上一陣溫暖，低頭一看，西維亞正在用她的前爪抓著我的腿，頭貼在上面不停地蹭，把她小小的身體的溫暖傳遞給我，讓我漸漸鎮定下來。

我蹲下身子，一邊輕輕地撫摸她，一邊對她說：「謝謝妳，西維亞。」

「不用謝，我沒做什麼。」

「起碼妳讓我知道，自己並不孤單，只是……」我頓了一下，接著說，「雖然我現在不想做傻事了，但也真的不知道以後要怎麼辦，我現在除了還有份工作，還有妳，剩下的什麼都沒有了。」

「不會啊，」西維亞抬頭看著我，很認真地說，「妳起碼還有四五次重生的機會呢。」

「什麼意思？」

「妳記不記得人們總說，貓有九條命，其實你們人類也是一樣，不會因為一次打擊就完蛋的。莎拉，如果我沒有看錯，這種在灰燼裡重生的機會，妳至少還有四五次呢。」

我沒說話，因為我不知道，西維亞是在安慰我，還是真的覺得我以後不會一片灰暗。

「莎拉，我們要不要做一個嘗試？」西維亞問我。

「妳說的嘗試，是指什麼？」

「嘗試在我的訓練下，妳能不能走出現在的生活。」西維亞從我的腿上跳開，仰起頭很鄭重地對我說。

「可是，我們該怎麼做呢？」我對於「靠一隻貓走出失戀和家變的雙重打擊」這件事，還是有些難以相信。

「妳別擔心，幾千年來，我們就一直在引導著人類前進，在很多方面，尤其是怎麼好好活下去這件事上，貓其實比人更有經驗。」西維亞說這些的時候，神情莊重而肅穆，雖然她身上濕答答的，但是卻散發著一種神聖的光芒。

也正是她的這句話，讓我的心情逐漸平靜下來，是啊，幾千上萬年來，人類不停遷徙，不停為自己建造更舒服、更宜居的家園，但是除了那些被當作寵物的貓，像西維亞這樣的流浪貓們，卻一直保持著最初的生存狀態，他們在城市中自己求生，自己尋找食物、住所並繁衍後代，要說「活下去的能力」，貓確實要比人更強。況且，西維亞真的具有某種神奇的魔力，她總能比我提前一步發現事情的走向，並且給我一些有用的提示。或許，她就是我目前最好的選擇。

我點點頭：「好的，西維亞，我都聽妳的。請妳告訴我，我現在應該怎麼辦？」

西維亞滿意地笑了一下，然後做個調皮的表情：「現在嘛，我希望趕緊回到妳朋友家，因為我們都已經濕透了。」

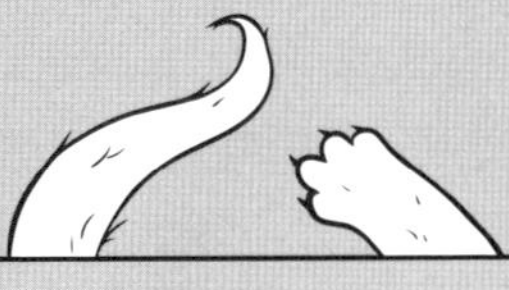

Chapter 5

西維亞的訓練

「唯有貓，在從屋頂或牆頭摔落時，依然能站穩腳跟，豎起尾巴，昂首闊步！」

——英國詩人／湯瑪斯・弗拉曼

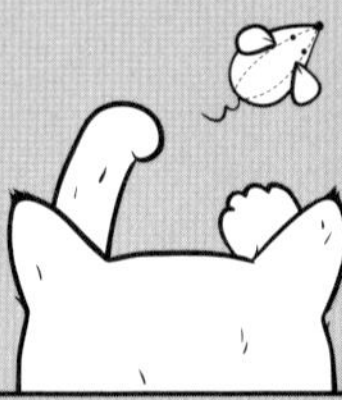

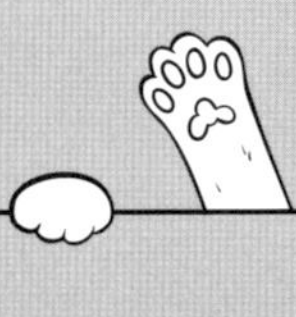

01. 第一課：密室逃脫

那天晚上，我回到皮普家，洗了熱水澡，然後吃了他們為我準備的晚餐，就回到房間休息了。

坦白說，我睡得很香甜，一夜無夢，只覺得自己一直被軟綿綿、暖烘烘的雲朵包圍著。第二天一早，當我醒來的時候，竟然有種「不知身在何處」的感覺。我坐起來，過了很久才回過神來，想起這幾天發生了什麼。

當記憶恢復的一瞬間，悲傷也同時重新灌進心中，隨之而來的還有憤怒、羞辱和恐懼，我馬上又躺了下去，逃避地閉上眼睛，希望自己繼續睡去，在夢裡獲得片刻的安寧。

「莎拉，起床！」一個響亮的聲音在耳邊炸開。

我睜開眼，看到西維亞正神采奕奕地站在床邊：「訓練開始了，趕緊起來。」

我卻把被子直接蒙過頭頂：「算了吧，西維亞，我現在心情很不好，明天再說吧。」

「不行，現在妳必須起來，我們貓可不會把事情放到明天再說，不然早就餓死了。」見我還不動彈，西維亞接著說，「要不然，我可要鑽進去撓妳了。」

我像被電到一樣趕緊爬了起來，生怕她下一秒就撓破了皮普的床單。

「好吧，我起來了，說吧，妳要怎麼訓練我？爬樹、鑽洞，還是練習貓步？」我有些不悅地問她。

「都不是，」西維亞搖搖頭，「我要訓練妳逃跑。」

看我一副茫然的表情，西維亞解釋道：「莎拉，從現在這一秒開始，這間房間就不是妳看到的樣子了，而是一個徹底封閉的空間，沒有門，只有一個在牆上的窟窿，有人把妳關在這，每天透過這個窟窿給妳食物和水。」

「這是什麼意思？測試嗎？」

「是什麼妳不用管，妳只需要考慮，如果情況真的是這樣，妳打算怎麼從這裡逃出去？」

好吧，就當是場遊戲好了，我這樣告訴自己。隨即，我看了看床頭櫃上的手機：「我想我會選擇報警。」

「不行，這是一間接收不到訊號的屋子。」

「既然手機不能用的話，電腦也不能上網吧？」我看著不遠處的電腦問她。

「妳猜對了，而且妳根本沒辦法開機，因為沒有電。」

「天啊，我生活得可真慘。」我左右巡視，希望能夠想出最合適的答案，「妳剛才說牆上有一個窟窿，那麼我可以從這個窟窿鑽出去嗎？」

「那個窟窿非常小，妳連手都伸不出去。」

我下了床，站起身來環顧四周，忽然，桌子上的一疊紙使我眼睛一亮。

「我寫張紙條，收買給我送飯的人。」

「收買他？」

「對啊，我在上面寫，只要他肯偷偷放我出去，我就答應給他一百萬英鎊。」

西維亞搖了搖頭：「得了吧，莎拉，妳沒錢，這個我們都知道。」

我一下子氣惱起來：「天啊，別提這件事，我已經很煩了。」我想了想：「把我關起來的人，一定有他們的目的吧，我直接去問他們想要什麼，只要不是我的命，剩下的我直接給他們不就行了？」

西維亞依舊搖頭：「行不通，因為這些人一個字都不會對妳說。」

「那我，那我……」當我看到對面的大樓時，心中忍不住一喜，「我大聲呼救，讓人來救我，或者用力砸這屋子裡的東西，弄得別人不得不報警。」

「沒人能聽見妳製造出來的聲音，妳的監獄是徹底隔音的。」

「西維亞，妳真是不給人留活路。」我有點生氣，不知道是對西維亞，還是對我不能想出正確答案而發脾氣。想來想去，我把心一橫，「我乾脆絕食，或者利用吊燈上吊，他們看到我要死了，自然會把我送到醫院。」

西維亞哼了一下：「別做夢了，他們只會默默地看著妳變成死屍，然後把妳扔了。」

聽到這裡，我用力拍了一下桌子：「夠了，西維亞，妳現在是在訓練，還是在耍我？這也不行，那也不行，我根本逃不出去。」

看到我氣急敗壞的樣子，西維亞反而笑了起來：「別急啊，莎拉，其實有一個非常簡單的方法，只不過妳一直沒有想到。」

「是什麼？」

她跳上窗臺，用貓掌拍了拍窗戶：「妳只要從這裡跳下去就行了，哦，對了，你們人類更喜歡走門，那太好了，對妳來說就有兩個簡單的逃離方法了。」

「可是妳剛剛說過，這是間密室啊，四面全是牆，只有牆上一個洞……」

「那都是妳自己的想像而已，嚴實的牆與外界斷了聯繫、無法交流的綁匪，他們都不是真實存在的，妳從一開始就可以輕而易舉地離開這。」

「天啊，妳就是耍我，對吧？剛剛那些條件明明都是妳說的。」

「可是妳選擇了相信，不是嗎？就好像妳選擇相信自己的人生快要完蛋了一樣。無論別人對妳說什麼，或者做什麼，把妳關在這裡的並不是他們，而是妳自己的想法。妳總覺得一切糟透了，一切都沒辦法變好，正是妳這些想法，成為囚禁自己的牆，其實妳完全可以從這間密室走出去，只要妳願意。」

我一下子沉默了，西維亞說的很有道理，有時候，困住我們的並非是某件事情，而是我們自己對於這件事情的看法。別人或許是真的傷害我，可是他們卻從未囚禁我，更沒有終結我的生命，一直都是我自己認定自己活不下去。

只是，對於此刻的我而言，被男友拋棄、沒有積蓄，而且還要盡快找到租屋處，家裡又遭遇破產……即使我再樂觀，我的生活又將何以為繼？

西維亞看著我思索的樣子，又用貓掌拍了拍窗戶：「妳現在打開它。」

我不懂她的用意，卻依然照做了。結果，窗戶剛打開一半，西維亞就竄了出去，她一下子跳到外面：「剛剛就是我們的第一堂訓練課，密室逃脫。妳先去吃早餐，我在外面等妳，我們一會兒就要上第二堂訓練課。」

我看著西維亞的背影，愣了好幾分鐘，並且在心中不停地問自己：「我能離開這間屋子，但是對於糟糕透頂的生活，真的也能那麼輕易逃離嗎？」

02. 第二課：回歸現實

「準備好了嗎？」西維亞問我。

「準備好了。」我點點頭，「現在告訴我，我需要做些什麼吧？」此刻，我和西維亞正並肩站在人行道上。

「那好，從現在開始，妳要一步不離地緊跟著我。」話剛說完，西維亞突然跑了起來，越跑越遠，頭也不回。

「哎，妳去哪裡啊？」我趕緊拔腿狂奔，一邊跑，一邊在心中暗暗叫苦，這幾天跟西維亞在一起，我別的方面沒有進步，倒是被迫鍛鍊了好幾次身體。

就在我氣喘吁吁地趕到路口的時候，看見西維亞正在那裡悠閒地舔著毛。她

抬頭看了我一下：「好了，莎拉，妳現在回答我一個問題。」

「什……什麼？」我累得說不出一個完整的詞。

「在到達這個路口前，經過妳身邊的最後一輛車，是什麼顏色的？」

「啊？什麼顏色？我不知道啊，剛才沒注意。」

「那麼從現在開始，要注意觀察。」西維亞很嚴肅地對我說。

而我則像個做錯事的學生似的，只能不停地點頭，並且在心中不停默念：「經過身邊最後一輛車的顏色，最後一輛車的顏色。」

很快，我又跟著她出發了。這一次，西維亞沒有再跑，而是像散步一樣慢悠悠地走著。我們都沒有說話，我的全部注意力都用來觀察身邊飛馳而過的汽車：一輛深藍色的旅行車、一輛紅色的卡車、一輛黑色的賓士、一輛淺藍色的跑車、一輛白色的麵包車……

等走到下個路口時，西維亞回過頭正要開口，我已經迫不及待地宣布答案：「最後一輛車是綠色的本田，剛剛一共經過了十九輛車。」

西維亞對我的答案，就像沒聽見一樣，過了好幾秒，她才開口問我：「剛才妳經過的這條街上第三棟房子，它的花園大門是什麼顏色的？」

「什麼？」我目瞪口呆，「不是要記下車的情況嗎，怎麼變成了花園大門？西維亞，妳到底想讓我幹嘛？記下沿途一切的顏色嗎？」

「妳要是願意的話，可以這麼做。」西維亞給了我一個模稜兩可的答案，然後又繼續向下一個路口走去。

我歎口氣，追了上去。這一路，我拚命地想要記住身邊一切的顏色：店鋪招牌的顏色、擦肩而過的行人衣服的顏色、花園裡鮮花的顏色……這一路走下來，我才發現，原來這條路上竟然藏了這麼多顏色，我眼花撩亂，根本沒辦法將所有顏色都記在心中。

快要到第三個路口的時候，我對西維亞說：「現在妳又要問我什麼呢？老實說，這一路我真是目不暇給，但是，我終究不可能把看到的一切都準確地記在腦子裡。」

「沒關係，」她回答，「這已經不重要了，重要的是，透過剛才那兩個問題，妳重新發現了這個世界的色彩，這並不是個灰暗的世界，而是五彩繽紛的世界。」

我一下子愣住了，難道這就是西維亞給我的第二堂訓練課？但說來奇怪，就在剛才觀察顏色的過程中，我忘了所有困擾自己的問題，眼睛裡、心裡都只有各式各樣的色彩。不僅如此，我還發現很多關於顏色的有趣小事，比如每一種紅色都不太一樣，有的像烈焰，有的帶著珠光，有的則很清新。

是啊，西維亞說得沒錯，這個世界是絢爛多彩的。在接下來的時間裡，西維亞還引導我去捕捉聲音，聽鳥的叫聲、聽孩子的笑聲、聽風吹過的聲音；去體會氣味，感受路邊小店薯條的香氣，享受玫瑰的芬芳和剛剛修剪過的草地味道；去感知溫度，陽光是暖烘烘的、噴泉的水很清涼、剛泡好的咖啡是熾熱的；還有觸覺，大理石雕像的光滑、樹幹的粗糙……

這麼一路感受下來，我和西維亞不知不覺走到漢普特斯西斯公園，我按照她的要求爬到公園的最高處。在那裡，我的全部感官都打開了，各種氣味、各種聲音、各種顏色和各種觸感紛至沓來，將我從自己虛擬的囚籠裡拉了出來，讓我感知到真實的世界。

「莎拉，」西維亞輕聲呼喚我的名字，「妳說，人類為什麼總是喜歡囚禁自己？」

沉吟了一下，答道：「大概是因為，現實太痛苦了。比如現在，我一想到那些現實的問題，比如房子，比如存款，我就真的不知道自己應該怎麼辦。」

「妳知道我們貓在痛苦的時候，都會怎麼做嗎？」西維亞看了我一眼，接著說道，「想不到吧，我們貓也是有痛苦的，比如好幾天捕不到獵物，比如生了場大病性命垂危，或者眼看著自己的伴侶或孩子死去，這些事情對於你們人類來說是打擊，對於我們貓也是如此。但是，我們從來不會任由痛苦駕馭自己。」

「妳是在讓我反過來駕馭痛苦嗎？」

西維亞搖搖頭：「不是的，痛苦是不能被駕馭的，它是妳真實的情感，妳不能壓抑它，但是也不能透過囚禁自己去逃避它。妳必須想辦法回到現實的世界，承認自己的痛苦，並且逐一解決那些現實的問題。」

現實的問題，只能在現實中解決。我心中不斷默念著這句話。是啊，就算我再難過，也無法在皮普家的客房裡逃避一輩子，失戀、失去住所、家庭變故，這都是我真實的生活，也是我所需要面對的狀況。

「況且，透過這半天的時間，妳也發現了現實世界美好的一面啊。」西維亞換了種輕鬆的口氣，接著對我說道，「就好像探險一樣，妳不能因為被毒蛇咬了一口，就說風景不漂亮，或者認定前面沒有寶藏。找到解毒的藥，然後繼續往前走吧。」

「那妳說，我應該先怎麼做？」此刻對於西維亞的話，我深信不疑。

「現在最現實的問題，就是我們先要找到一個新住處。」

03.
第三課：放低自己

第二天，本來是我應該重返工作崗位的時間。

一早起床，我就打電話給格雷，告訴他，我和傑瑞分手了，需要再請幾天假用來尋找新的住處。格雷對我分手的消息表示相當震驚，但隨即，他就表現出對我的理解和同情，他同意我再休息一個星期，安頓好自己的生活後再去上班。

掛上電話，我有點悵然，連一個相處幾年的同事，都能理解我的痛苦，可是那個和我相愛了幾年的男人，卻絲毫沒有想過我的感受，或許對於傑瑞而言，我早就是他巴不得甩掉的包袱，最好能在分手後安靜地走開，自己找個地方默默舔舐傷口，不要打攪他嶄新的人生。惆悵了一會兒後，我知道自己不能再繼續鑽牛

角尖下去，因為還有一大堆現實的問題等著我去處理，我打開電腦，開始瀏覽上面的招租廣告，結果越看心裡越是發涼。

好多年沒有租過房子，我竟然不知道倫敦的租金已經漲到了這個程度，稍微過得去的地方，就要花掉我三分之二的薪水。而那些便宜一點的房子，要嘛就是靠近郊區，要嘛就是房間很小、很破，只看一眼圖片就已經想直接放棄。

「我該怎麼辦啊，西維亞？」我一邊瀏覽網頁，一邊焦慮地問。

「別著急，慢慢來，妳會有辦法的。」她在床上舒服地伸了懶腰，「不過我建議妳去實地看看，最好用走的去，這樣妳就可以順便重溫我們昨天做過的練習了。」

「要是妳知道這些地方有多遠，妳大概也不願意用走的過去。」

「那可不一定，我們貓除了走，可沒有別的交通工具。不過今天我還有別的事，所以妳要自己去，我相信妳會幫我們找個溫馨小窩的。」

我忍不住乾笑了兩聲：「溫馨小窩？我們會搬到一個相當糟糕的地方去，西維亞。」我沮喪地說道。

「妳又不會預知未來，怎麼會這麼確定？」

「我是從這裡看到的，不是瞎猜！」我對著她指了指電腦螢幕。

西維亞跳上窗臺：「別相信真有預知未來的水晶球，我跟好幾個人類巫師相處過，老實說，他們的水準還真的不怎麼樣。」說完，她跳到窗外，一溜煙就跑走了。

「這才不是什麼水晶球呢，這就是我的現實。」我沮喪地自言自語。

那一天，我一直馬不停蹄地四處找房子，每看一處，心就冷了一回，那些地方無一例外地鋪著骯髒的地毯，擺著破舊的沙發，一開門就灰塵漫天飛，鄰居看起來也都像是街頭混混。沮喪地回到家後，我聽取皮普和布萊恩的一些建議，然後和他們一起吃了東西，直到我洗完澡要休息的時候，西維亞才返回房間。

「房子看得怎麼樣？」她一邊舔著貓掌，一邊問我。

「不怎麼樣，我已經不指望能找個好住處了。」我回答得有氣無力。

「別這麼容易放棄啊，要是我總像妳這樣，早就餓死了。說說看，妳到底打算找一個什麼樣的地方呢？」

「其實我一點也不挑剔，只要不是太狹小，能放下我的東西就行了。另外，我希望鄰居都能是些不錯的人。」

「哦，我明白了。不過，妳說的『不錯的人』是什麼意思呢？」

我想了半天，才總結出一些具體的條件：「他們應該是比較可靠的人，樣子親切、言行得體，看起來很值得信賴……」

「像傑瑞那樣的人？」西維亞突然打斷了我。

聽到傑瑞的名字，我的心情更加焦躁了：「不是！妳為什麼要提到他，我怎麼會希望和那種人做鄰居。」

「可是，妳的意思就是那樣啊，妳希望自己的鄰居是那種穿著西裝、每天去大公司裡上班的人，最好還開著高檔轎車，有個不錯的頭銜。」

我很想反駁她，告訴她我才沒有這麼想，但我沒吭聲，因為我發現，我確實很希望自己的鄰居能是她形容的那個樣子。

「莎拉，我告訴妳個祕密吧，」西維亞突然很神祕地對我說，「被我們貓收養的人類，其實比妳想像的還要多。就拿這個國家來說，妳在電視上見過的那些大人物——柴契爾夫人、梅傑、布雷爾、卡麥隆，甚至英國女王，都曾經被貓收養過。但是在我們貓看來，他們雖然衣冠楚楚、名聲顯赫，但其實和路邊賣炸薯條的那些人毫無區別，因為他們都是有血有肉、有苦惱、有悲傷的人類。」

我被西維亞說出的話嚇了一跳，我以為只有我這樣落魄的人，才需要被貓收養，誰能想到那些權傾天下的大人物，也會有這樣的經歷。我很想八卦一下那些名人被收養的軼事，但我知道，現在還不是討論這些的時候。

我問西維亞：「妳是想告訴我，鄰居什麼樣子其實不重要？」

西維亞點點頭：「也對，但不全對。鄰居確實沒妳想的那麼重要，但是其餘的東西——比如房間大小，浴室是新還是舊，沙發夠不夠軟，這些東西更加沒妳想的那麼重要。我們貓無論是住在白金漢宮陪著女王，還是在貧民區的街角陪著流浪漢，都能自得其樂，活得很好，因為我們內心始終高貴。全世界恐怕只有你們人類，會被那些外在的東西迷惑，會透過冰冷的物質世界尋找自信和自尊。莎拉，好好問問妳自己，妳這麼迫切需要一間大房子，是不是害怕狹小的環境會讓妳感到自己很失敗？」

西維亞的這一番話，說得我瞠目結舌。誰能相信，我這輩子聽到最有道理的話，竟然來自一隻貓的嘴裡。我冷靜下來，仔細想了想，這才發現我的想法確實和西維亞說的一樣，我之所以執意要找一間設施、鄰居都很好的房子，是因為我不希望從傑瑞的樓中樓搬出來後，感到生活一落千丈。我希望身邊圍著的，還是像傑瑞那種層次的人，希望自己每天見到的，還是跟之前差不多的環境，我不願意承受那種從上而下的落差，因為落差，通常就意味著失敗。

「那我應該怎麼辦？」我問西維亞。

「學會放低自己，但是，要時刻保持內心的高貴。這樣，無論妳住在哪兒，都會是快樂的。」西維亞認真地對我說。

04. 我的新家

果然，西維亞的預言能力再一次發揮了作用，聽了她的建議後，我第二天就找到了住處。

那是布萊恩推薦給我的一個地方，位於旺茲沃思區，雖然地段無法和之前住的地方相比，但是附近的街區也算是安靜整潔。房子的主人馬蘇德先生，是一位巴基斯坦裔的英國人，他是一家家具店的老闆，而我要租的房間，就位於他店面的頂樓。這裡被他改造成了八個獨立的小套房，目前還有七號房是閒置著的。

馬蘇德先生為人很熱情。「您是西班牙人？哎呀，我愛西班牙，西班牙人最會生活了，不像這些英國人。」他一邊說著，一邊向我展示房間，「我相信您會

喜歡這裡的，經典裝飾風格，樸素但又有品味。」

我環視了一圈房間，頓時明白他口中的經典，其實就是老式，而所謂樸素有品味，就是簡單到毫無特點。

但值得慶幸的是，雖然這裡的面積仍顯狹小，但是房間挑高，上面有一個天窗，臨街的地方，還有一扇很大很大的窗戶，光線十分充足。地板和天花板都是木製的，沒有那種骯髒而陳舊的地毯，屋子裡有沙發和桌椅，房間的一角有流理臺，浴室裡不僅有淋浴間，還有一座浴缸。

「學會放低自己，時刻保持高貴的內心。」我在心裡默念西維亞之前的叮囑。

我又看了看那扇巨大的窗戶和那個寬敞、足夠西維亞臥著晒太陽的窗臺，最終下定決心。當天下午，我就和馬蘇德先生簽了合約。當我從他手中接過鑰匙的時候，我真切地感受到，自己正在打開通往新生活的大門。

走在回皮普家的路上，緊繃好幾天的心，第一次感覺到輕鬆。一進門，我就把這個消息告訴皮普和布萊恩，並且為他們的收留之情表示感謝，之後又打電話告訴薇蘿，她顯然也為我感到高興。

當一切收拾妥當後，我坐在床上，撥了家裡的電話，我想，事情到了這個階段，我可以，也應該把一切告訴父親了，而在此之前我特意囑咐阿爾瓦羅，先不要將我的事情告訴父親。當父親聽說傑瑞移情別戀後，顯得十分吃驚，又十分氣憤：「如果這小子在西班牙，我和妳弟弟絕對打得他滿地找牙，敢欺負我的女兒，我這輩子都不會放過他。」隨後他鼓勵我：「放心吧，莎拉，至少有一千個好人排隊等著跟妳戀愛呢，他們早就盼著妳和傑瑞分手了，這下這些人可高興了。」父親的話讓我笑出了聲，儘管我知道他只是在哄我。

後來我們又說起書店和房子的事，我建議他索性把房子賣掉，然後和阿爾瓦羅一起搬到小一點的公寓裡。父親表示一切聽我的，並且囑咐我照顧好自己，之後我們互道保重，掛斷電話。

我在床上又坐了很久，腦袋裡不斷回想著這幾天發生的事。那些打擊、欺騙、痛苦和背叛，全都來得猝不及防，曾經美好的一切，而今全都成了鏡花水月，並且打亂我對未來的全部希望。過去的幾年裡，我曾經無數次規畫今後的人生，但我所有的計畫裡，全都有傑瑞的存在。然而，就當我仍滿心期待與他攜手到老的時候，他卻早就醞釀著如何結束，並且用最惡劣的方式和最冷酷的態度。

一場暴風雨過去，現在只剩下我一個人，要帶著還沒癒合的傷口，被現實推搡著、掙扎著往前走。

想到這裡，我的眼淚又撲簌簌地掉了下來，直到聽到西維亞拍打窗戶的聲音，我才慌忙擦掉淚水，為她打開窗子。

「怎麼樣，今天有中意的房子嗎？」西維亞剛一站定，就立刻問我。

我告訴她已經簽好合約了，那個房間雖然不大，家具也很簡單，但是有個大大的窗戶，窗臺足夠她舒適地睡午覺，她一定會很喜歡。西維亞聽完後，很滿意地點點頭：「很好，莎拉，我就說過妳可以的。而且，妳其實比我更需要那扇窗戶，妳需要一個看得見風景的地方，好讓妳打開自己心裡的那扇窗。」

我是多麼希望自己的心裡，真的有一扇窗戶啊，這樣我就可以趕緊打開它，讓陽光照射進來。

05. 第四課：學會告別

搬家前，我不得不再次打給傑瑞，因為我需要回去收拾東西，希望他暫時回避兩天，以免見面尷尬。傑瑞雖然有些不情願，但也只能答應，而他的這種態度，再一次刺傷了我。出發前，我怕自己會觸景傷情，做出什麼難以預料的事，還特意帶著西維亞。

而當我再一次踏進熟悉的房間時，眼淚馬上就流了下來。這裡的一切都和我朝夕相處了好幾年，每一樣東西我都是那麼熟悉，都帶著抹滅不掉的記憶。那些餐具、桌布和裝飾品，全是我當初精心挑選的，我甚至到現在，都記得它們來自於哪家小店；那些家具、電器，全是我和傑瑞一起搬回家並且組裝好的。

而現在，它們帶著我的痕跡，卻再和我無關。

當我看到我和傑瑞的相簿時，淚水更是傾瀉而出，就算我現在對他充滿了恨意，但是卻無法改變之前那些相愛的時光。艱困時刻的互相鼓勵、生病時的彼此照顧、取得成績時的一起歡慶，還有無數次對於未來的共同暢想，明明那麼要好的兩個人，為什麼會走到今天這個地步？

相愛時越是甜蜜，分開後就越痛苦。尤其是對遭遇背叛的那個人而言，將在恨和愛中經受長久的折磨。

在我流淚的時候，西維亞靜靜地坐在我身邊，時不時用她的貓掌拍拍我的肩膀，以示安慰。

我抹了抹眼淚，問她：「我是不是很沒有出息啊？過了那麼多天，還是會忍不住哭。」

西維亞搖頭：「不是的，妳有悲傷的權利，而且哭泣，其實也是告別的一種方式。如果妳想哭，那就盡情哭出來吧，然後走出這個大門後，就別再回頭。」

我點點頭，然後真的「哇」的一聲哭了出來，而且一哭就停不下來。我就這麼哭著收拾完所有的行李，然後等著皮普來幫我將東西搬到新家。在車子駛離房子的時候，我本想回頭最後再看一眼，可是想起西維亞的話，我還是選擇目視前方，一動不動。

當我來到新家，將東西從箱子裡拿出來，在那間陌生的房子裡重新安置好時，我又當著皮普的面哭了一場。我知道，當一切在這裡就位時，就意味著，我徹底和以前的感情一刀兩斷了。我要讓自己痛痛快快地哭出來，要讓自己徹徹底底地告別過去。

好在，上天雖然奪走我的愛情，但卻幫我留下了友誼。除了皮普和布萊恩給我幫助和鼓勵外，我在西班牙的那些朋友——薇蘿、蘇珊娜和派特里，她們專程從西班牙一起跑來看我。在這幾天的時間裡，她們一直陪在我身邊，幫我收拾屋子，做久違的西班牙美食給我吃，然後拉著我一起上街散步。晚上的時候，她們還和我一起去酒吧，我們共同回憶童年的趣事，笑到東倒西歪。

沒有一個人提起傑瑞，就好像我的生活中從來沒有這個人出現一樣，我知道，她們一定是事先串通好了，而這種貼心，更讓我感動萬分。那個曾經說要保護我的人，而今卻給了我最大的風浪，就在我快被淹沒的時候，有很多人伸出手，將我重新拉回到岸上。正是這些人讓我知道，自己還是被人關心和愛著的，雖然我輸掉了愛情，但是還有朋友和親人。

當我在機場送別了這些好友後，站在候機大廳裡，內心的感覺十分複雜。一方面，朋友們離開後，我又要獨自面對一切了，這讓我感到有些寂寞和淒涼；但另一方面，我知道自己必須適應這樣的告別，我剛告別了愛情，現在又送別了朋友，以後肯定還會有些新的告別，無論這些人是否還會出現在我的未來，我都要把告別視為人生必經的一部分。

終究，我們自己的問題，還是要靠自己去解決。看著眼前的窗臺，我的耳邊響起了西維亞的那句話，她說我需要一扇能看見風景的大窗戶，讓我打開自己心裡的那扇窗。

直到這時我才想起，我已經整整一天沒看到西維亞了，自從前幾天薇蘿看到西維亞，並且吵著要幫她洗澡後，她就對我這幫朋友相當警戒，只要有她們在，她就會立刻躲開。

想到這裡，我想趕緊回到新家，我很怕西維亞會在陌生的環境裡迷路，或者遭遇什麼不測。在這個漆黑的夜晚，當我一個人行走在陌生的街道上時，忽然感到惴惴不安，那是一種對於未知的忐忑和猜測。

果然，那天晚上就發生了一件怪事。

Chapter 6

踉踉蹌蹌的新生活

「逃離生命苦難的方法有二：音樂和貓。」

———諾貝爾和平獎得主／阿爾伯特．史懷哲

01. 夜半驚魂

那天晚上，我在街道上徘徊了大約半個小時，尋覓西維亞的身影。期間看見了幾隻流浪貓，但都不是她。因為對新環境實在有些忐忑，而且外面又下起了雨，找沒多久我就回到自己的住所，一邊放音樂，一邊為自己準備晚餐。

然而，就在我切番茄的時候，忽然聽到了一個奇怪的聲音。

那是一種用力擊打東西的聲音，而且離我似乎很近。我仔細聽了聽，應該就是從隔壁傳來的，是我的鄰居在用力敲打牆壁。

我趕緊把音樂聲調小，很怕自己剛入住第一天就產生鄰里糾紛。但一分鐘後，敲打牆壁的聲音再度響起，這讓我感到有些不悅，這麼小的音量難道都不行

嗎？我的鄰居未免也太挑剔了。

我想去問問鄰居，到底多大的音量才算可以，可是剛走到門口，就聽見一陣震耳欲聾的敲門聲，隨之而來的是操著外國口音的怒吼：「給我關掉！妳今天製造的噪音還不夠多嗎？」我嚇了一跳，頓時定在原地不敢動彈，過了好幾秒，才敢跑到門前，從「貓眼」向外望。只看到八號公寓的鄰居正大力地關上自己的房門，匆匆一瞥中，看到她穿著粉色的浴袍，頭上裹著黑色頭巾，手裡似乎還拿著個閃著寒光的金屬物品。

是刀嗎!?

我猶豫了半天，還是戰戰兢兢地去敲了她的房門：「您好，我是您的新鄰居，我剛剛……」

「別煩我，走開！」

「我只是想跟您道歉……」

「閉嘴！閉嘴!!閉嘴!!!」

她不僅發出歇斯底里的尖叫，而且還一邊用一種堅硬的東西用力敲擊自己的房門，我魂飛魄散地跑回自己的屋裡，趕緊把門鎖好。

瘋子，我的鄰居絕對是個瘋子！我怎麼會這麼倒楣，偏偏選了這裡做為自己的住處。

我手抖著為自己做完了晚飯，匆匆吞下後，打算洗個澡放鬆一下。當溫熱的水不斷沖向身體時，我感到內心的緊張緩解了不少。「嘿，歡迎搬到新家來。」我一邊洗，一邊自言自語，「一會兒好好睡上一覺吧，明天又是新的一天。」

然而，就在焦慮剛剛退去時，忽然眼前一黑，屋子裡的燈瞬間熄滅了。我嚇了一跳，但還是摸索著把蓮蓬頭的開關關掉，然後找到毛巾，胡亂擦掉身上的水。當我哆嗦著走到客廳時，發現屋裡都是黑的，看來不是浴室的燈壞了，而是停電了。

我決定去看看電源總開關，確認是不是保險絲被燒斷了，可是就在尋找睡衣和手機時，一陣窸窸窣窣的聲音從黑暗中傳來。我立刻停下所有動作，豎起耳朵，仔細聽著那個神祕的動靜，那聲音似乎由遠而近，一點一點地向我靠近。

我的腦袋瞬間閃過很多恐怖片中的橋段——夜晚、浴室、單身女子、停電、詭異的聲音……天啊，一切都太符合我現在的狀況了。我只覺得背脊一陣發涼，猛然想起剛才那位瘋狂鄰居，和她手中寒光閃閃的不明物體。

難道，她已經偷偷潛入了我的房間，準備伺機對我下手？

當那聲音越來越近時，我不禁飛快地思索著：是逃跑，還是反抗？剛剛餐具刀被我隨手放到哪裡了？我要是大聲呼叫，會有人來救我嗎？

就在我慌張無措的時候，那個聲音又離我近了一些，下一秒，一個奇怪的東西碰到了我的腿，我不假思索地大喊起來：「啊啊啊!!!」

幾乎同時，另一個叫聲也在房間裡響起：「啊啊啊!!!」

緊接著，我聽到西維亞抱怨的聲音：「莎拉，妳晚飯吃錯東西嗎？鬼叫什麼，嚇我一跳！另外，妳為什麼不開燈？」

02.

第五課：不要輕易下結論

「真是的，不就是個停電，看妳那點膽量，大呼小叫的。」西維亞很不屑地對我說。

「才不僅僅是因為停電。」我很不悅地嘟囔著，然後把和瘋子鄰居的第一次交手，一五一十地告訴了她。這個時候，我已經把客廳的窗簾拉開了，外面路燈的光照進來，多少有了些光亮。

西維亞聽完鄰居的事卻笑了起來：「莎拉，妳知道嗎？在很久以前，只有那些和貓一起住的女人，才會被別人認為是不正常的，她們都被叫做妖女。」

「妳的意思是，我才是個瘋子？」

「不不不，我可沒這麼說，我的意思是，妳既然不喜歡被人隨便看成瘋子，那就不該也對別人輕易下結論。或許，你們都該在真正了解彼此後，再去評論對方是什麼樣的人。」

我的口氣有點不耐煩：「我才不願意去了解她呢，她神經肯定不正常。」

西維亞意味深長地看了我一眼：「莎拉，如果我沒記錯的話，一開始妳也覺得我是個怪物，但現在，我卻收養了妳。那麼多年來，妳堅信傑瑞是個專一的好人，而現在，他卻是個如假包換的偽君子。」

我一下子不知該如何辯駁，西維亞說得沒錯，我總是喜歡輕易對人和事下定義，而且一旦認定了一件事，就很難改變主意。

「那妳說，我該怎麼辦？」

「妳只要記住一點：真實的世界和妳看到的世界，並不是同一回事。我之前告訴過妳，不要相信妳的心，現在，我希望妳同樣不要相信妳的眼睛，因為那並不代表就是事實。」

不要相信自己的眼睛，因為看到的未必就是真相。雖然我知道西維亞擁有預言能力，但是對於這項建議，我卻有些不認同。從小我們就被告知「眼見為憑」，眼睛是人類認識世界最重要的方式，畢竟，我們不像貓和狗一樣有著靈敏的嗅覺，而且也並非所有事情都像傑瑞脖子上的香水味一樣，那麼有跡可循。

我不停琢磨著她的話，越想越覺得頭疼，到最後，眼皮也跟著沉重了起來，只想趕緊睡一覺，一切明天再說。我鑽進被子，剛要閉上眼睛做個好夢時，突然，發現了一件奇怪的事。

我看到一些光線似乎從地板的裂縫中透了出來，一道光，兩道光……我數了數，一共四道光，這到底是怎麼回事？我趕緊下床走近一看，頓時怔住了——地板之間的縫隙很大，我甚至可以看見樓下鄰居走來走去的身影。

「嗯，我覺得我都能聞到他的味道了。」西維亞一邊趴在縫隙上往下看，一邊小聲地說。

我的心裡頓時湧出一團怒火：「那個奸商，竟然把這樣的房子租給我，還說得天花亂墜，我真恨不得揍他一頓。」

「我倒覺得這裡還可以啊。」西維亞滿不在乎地跳上沙發，「莎拉，還是那句話，別只相信自己的眼睛，也先別急著下結論。」

「可是我的眼睛明明……」我歎口氣，沒有繼續往下說，而是無奈地回到床上，閉上眼睛，聽著窗外的雨聲，久久無法入睡。這是我來到英國後，真正獨自生活的第一晚，此刻，我躺在這間停了電、地板漏光，還有個瘋子鄰居的屋子裡，忍不住聯想傑瑞此刻在做什麼。他的新歡一定已經歡天喜地地搬進了他的公寓，說不定現在兩個人正在肆無忌憚地親熱，以慶祝他們終於可以名正言順地在一起。

一想到這裡，我心中一片悲涼。

臉上瞬間一濕，然而，流下的卻不是我的眼淚，而是不知道從哪來的一滴液體。我趕緊睜開眼，想搞清楚是怎麼回事，就在這時，第二滴又落在我的臉上。在我翻身起床的一瞬間，第三滴落在我的後背上，然後手臂上有了第四滴。

我幾乎是連滾帶爬地衝到窗邊，然後小心翼翼地把手伸到光線下面，生怕看到的是斑斑血跡，就像那些恐怖片裡的情景一樣。還好，貌似只是些水。

水?!為什麼會有水從天而降?我又跑回床邊仔細觀察，結果發現，竟然是屋頂漏水，而滲水的地方，剛好就是我床的正上方。

租了這間房子，真是中了頭彩！

此刻，我已經顧不得凶悍的鄰居，大呼小叫地喚醒才剛睡著的西維亞：「西維亞，這破房子漏水，我的床都濕了，怎麼辦？」

她只睜開一隻眼睛瞥了我一下：「還能怎麼辦，跟我一起睡沙發吧。」我爬上沙發，摟著西維亞躺下，只覺得委屈。憑什麼？憑什麼做錯事的明明是別人，現在卻是我在接受懲罰？

我很想大哭一場，可是還沒醞釀出眼淚，就疲憊地睡去。

03. 第六課：反省自己看世界的方式

第二天，我一起床，就氣沖沖地去找房東馬蘇德理論，本來我已經做好大吵一架的準備，可是誰知道話才說了一半，他就滿臉歉意地對我表示抱歉。

原來，他昨天忘了告訴我，他在每間公寓安裝一個小金屬盒，必須往盒子裡投幣才會有電。關於漏水的屋頂，他馬上派了水電工幫我修理好了，至於地板的問題，他送我一些薰香，以掩蓋樓下那位愛爾蘭鄰居煎培根的嗆鼻味，並且表示，等到明年春天一定會將地板全部重新更換。

雖然不算百分百完美解決，但也算讓我可以接受的範圍，看來事情真的像西維亞說的一樣，沒有我想像的那麼糟。而且，我還從房東那裡知道了一個關鍵資訊，八號公寓的那位鄰居叫做烏茲拉克，是個出了名的怪人，只要有鄰居發出稍微大聲的聲音，她就會瘋狂敲打牆壁，但也僅此而已，她從來沒有真的傷害過誰。

返回住處後，我對西維亞說了交涉的結果，看來，我們除了時不時要薰個香，偶爾忍受一下怪鄰居的咆哮，生活倒也可以安穩地過下去。西維亞用一種「早知如此」的口氣說：「所以，我告訴妳不要相信自己的眼睛，尤其是在妳只能看到壞事，或是只能看到好事的時候。」

我不好意思地吐吐舌頭：「可是，我要怎樣才能知道自己看到的是事情的全貌，還是僅僅是其中的一部分？」

西維亞告訴我：「想不被妳的眼睛欺騙，就要反省妳看世界的方式，到底有沒有什麼問題。」

「妳是在暗示我，我看世界的方式有什麼問題嗎？」我問西維亞。

西維亞很肯定地點點頭：「莎拉，坦白說，妳看人和事情總是喜歡走極端，要嘛給一百分，要嘛就給零分，所以妳總是難以看到全貌，也很難看到那些存在著的變化。」

西維亞的話，讓我臉上一陣發燙，我從來沒有想過，自己會被一隻貓進行這樣的教育，而且她的話還正好都切中了事實。我從很早以前，就知道自己的毛病，我的世界裡彷彿只有黑色和白色，人群只劃分為喜歡和討厭，遇到的事情也只區別為好和壞。我從來不認為這樣哪裡不對，但是我卻忘記了一件事：萬事萬物，都是會變化的。

小事上來說，比如這間房子，我一開始覺得還不錯，後來看法卻急轉直下，覺得它很糟，現在想想，其實它兩者都不是，我看到的，只是它不同的兩個面向。它真實的樣子，只是一棟雖然有著諸多缺點，卻尚可改善的普通小屋。

大事上來說，比如傑瑞，他也曾經對我一心一意，可是最後，卻變成一個感情的背叛者。其實，即使沒有那股香水味，之前的冷漠、疏遠和隔閡，也早已經證明我們的感情不復存在，而我卻死守著之前傑瑞的誓言，深信他不會改變，以致於被欺騙了那麼長時間。

不要只看事情的某個局部，局部不代表全貌，也不要只看事情的某個階段，因為階段不意味著永遠。我想，這就是西維亞希望我知道的。

我正想對西維亞發表內心的感言時，手機卻響了起來。我拿過來一看，是格雷的來電，電話裡他告訴我，最好馬上回去上班，我問他為什麼這麼急，假期明明還有兩天，他說，因為皇家石油剛剛和公司簽訂合約，全公司都忙了起來。

「安妮說了，妳要是再不回來，她就再去找一名工程師。」

雖然不知道安妮的態度是真的還是假的，但是我知道，我的老闆已經等我等得有些不耐煩，我必須重返工作崗位了。和傑瑞分手後，工作對我而言，變得更加意義非凡。過去，它只不過是我安身立命的手段，現在，一份工作，卻成了證明我的存在意義的最大依據。

對女人而言，愛情很重要，但在某些時候，謀生比愛情重要一百倍。

想到這裡，我有些自嘲地笑笑，心想：看，我也學著客觀地看待一件事情了，這或許也是一種因禍得福。

04. 第七課：安排好自己，是最重要的事

回到公司上班前的那晚，我一直忐忑不安。

畢竟，我先是在向重要客戶提案的時候暈倒，然後又休息了將近半個月，同事們會怎麼看我？萬一有人問起來，我是實話實說，還是隨便編個理由？要是在訴說緣由的時候，我忍不住哭了，他們會不會覺得我沒出息？在回去上班的前一晚，我躺在床上琢磨了半天，連臺詞都編了好幾個版本。

而西維亞則覺得我的這些想法純屬多餘：「既然是明天才會發生的事，妳現在擔心什麼？」

「可我總得計畫一下……」

「計畫毫無意義，我們貓收養過那麼多人類，沒有看過誰的人生是因為計畫而變得完美的。因為，妳只能想到自己的那部分，可是大部分事情，都不是一個人就可以決定的。」西維亞毫不客氣地打斷我的話。

我沒再說話，而是在一遍遍的臺詞規畫中進入夢鄉。第二天，當我踏進辦公室的時候，卻發現事情居然被西維亞預言中了，我預想的一切全都沒有發生。大家都在自己的工作崗位上忙碌著，連多看我一眼的工夫都沒有，而格雷也只問了一句「新家是否住得還習慣？」就匆忙地趕去開會了，我打的那些草稿一個字都沒用上，這讓我鬆了一口氣，卻又有點說不出的失落。

回到家，西維亞一見到我就問：「怎麼樣，今天和妳的同事哭訴了幾回？」

我有些尷尬：「一次都沒有，大家都很忙。」

「看，我昨晚告訴妳不要計畫這種無聊的事，妳還不相信。還記得妳和傑瑞在公園見面那次嗎？妳也是計畫了好幾天，結果還不是一團糟。」

西維亞的話瞬間戳中了我的痛處，我氣呼呼地問：「那按照妳的意思，我以後做任何事情都不用提前作打算，只要被動接受就好了？」

「那倒不是，妳可以盡量安排好妳自己，然後用最好的狀態去應對一切。莎拉，我們貓如果想要捕到老鼠，從來不會把時間浪費在研究別人身上，只要讓自己跑得更快、咬得更準就行了。」

我賭氣地告訴西維亞，對於她的話，我一句話也聽不懂，然後一言不發地去洗澡、睡覺。

可是晚上，當我躺在床上的時候，卻忍不住開始思考起西維亞的建議：好好安排自己，然後用最好的狀態去應對一切。回想我過去那麼多年，把大量的時間和精力都用在計畫和傑瑞的未來上，到頭來卻一場空，如果我把這些力氣都用在自己身上，或許我的人生不致於像現在這樣——存款寥寥，住在一間不盡完美的小公寓裡，身邊只有一隻貓陪伴。

或許，我真的應該考慮做些什麼，讓自己擁有應對變化的能力，而不是為了未曾發生的事而惴惴不安。

第二天一早，在西維亞出門覓食前，我對她主動示好，給她倒了一大碗牛奶。西維亞瞥了我一眼：「說吧，有什麼事情要對我說。」

我笑了一下：「我是想問，妳昨天說過，要我安排好自己的生活，在這方面妳有什麼建議？」

西維亞從牛奶碗裡抬起頭：「如果妳真的相信我，那麼接下來的幾個月，妳的飲食起居務必一切聽我的，我早就想好一套計畫，讓妳可以由內而外地煥然一新，妳願意嗎？」

我點點頭。但是在當天晚上，我就後悔了。

05. 西維亞教練的健身計畫

我以前一直以為，只有人類才會罹患強迫症，卻沒想到，貓竟然也會有同樣的問題，而且偏偏就讓我給碰上了。對，沒錯，西維亞就是一隻有嚴重強迫症的貓，最要命的是，她的強迫症還偏偏從我最不擅長的運動方面入手。

在答應西維亞的計畫後，當天晚上她就開始對我的訓練。晚飯後，她逼我必須和她一起散步至少一個小時，儘管我告訴她，我上了一天班，回到家連說話的力氣都沒有了，她依然不肯放過我。

從那之後，這樣的散步成了每晚的慣例。不過，也正是托西維亞的福，我很快就熟悉了周邊的環境，這讓我對獨居生活適應得比想像中的還要快。但西維亞並未因此善罷甘休，一天早上，她對我建議：「妳應該走路去上班，莎拉。」

「妳知道這裡離我的公司有多遠嗎？走路去上班的話，我一個上午就別想工作了。」

「你們人類真是懶到無可救藥，上天給你們雙腳，可是你們卻只會整天往椅子裡一癱，簡直是浪費資源。」

最終我們各退了一步，我可以不走路去上班，但是做為我不聽從安排的交換，西維亞要求我每天早上務必做一會兒瑜伽，而且，必須按照她教的方法做。坦白說，每天早起半小時，然後像隻貓一樣彎腰翹起屁股舒展身體，在我看來真的太滑稽了，更何況，西維亞還那麼嚴厲。

「莎拉，妳的姿勢太僵硬了，妳現在不是要扮演雕像，而是要自然地活動，聽從身體內部的召喚。」

「肩膀再打開一點，這樣才有利於妳的骨骼，天哪，妳現在的樣子簡直就是鐘樓怪人。」

「吸氣，呼氣，再吸氣……我是要妳注意妳的呼吸，不是要妳憋氣，這是瑜伽，不是潛水！」

每天早上，西維亞的強迫症都會發作，嚴格糾正我的每一個動作。而在她碎念的引導下，我都快要哭了！被一隻貓逼著做瑜伽也就罷了，還要忍受她的訓斥，這簡直就是身為人類的恥辱。因此，剛開始幾天，我做得很不情願，但是隨著時間的推移，我卻慢慢領略到這套瑜伽的不同之處。西維亞設計出的動作，和那些人類瑜伽師的招式都不一樣，她讓我感覺我是用自己的身體幫自己做按摩，在那一個個看似怪異的動作中，全身竟然漸漸輕盈起來，有種妙不可言的愉悅感瀰漫到每一處。

就這麼堅持了兩週，我的動作不僅不再招來訓斥，而且練得自得其樂。說起來，雖然人類擁有那麼多智慧的發明，但是對於照料自己的身體，卻真的比不上一隻貓。

而西維亞為我量身打造的一系列運動計畫，對我而言，不僅帶來了身體上的放鬆，還有心理上的療癒。

以往，每當我身體痠痛的時候，都是傑瑞幫我按摩，我們關係還未疏遠時，也常常會一起跑步或者划船，以後，再也不會有這樣的事了，我必須學會自己放鬆自己。而今，當我習慣了每天的睡前散步，並且對貓咪瑜伽日益駕輕就熟的時候，忽然意識到一件重要的事情，那就是之前很多必須仰賴傑瑞才能做到的事，原來我自己也可以做到。

分手之所以讓人痛苦，一個重要的原因就在於，之前很多習慣從此被強行打破，那份生活和心理上的依賴讓人變得失落。而當有一天，我們發現自己也能透過一些方法，支撐起過去熟悉的事情時，心中的痛感和失落就會減輕不少。

而西維亞對我的另一項培訓，也填補了失去傑瑞帶來的另一種空白。

06. 西維亞營養師的美食建議

西維亞對我在飲食上的引導，有個驚悚的開始。

那是在我重返工作崗位的一個月後，一天我回家稍微早了些，結果就在推門而入的時候，忽然看見西維亞從我眼前一閃而過，鑽進了沙發下面。最關鍵的是，即便她的速度飛快，我依然清楚地看到，她的嘴裡叼著一隻死鳥。

我忍不住哇哇大叫，於是又引來了鄰居大力的敲牆聲。過了好幾分鐘，我驚魂未定地問西維亞：「妳在幹嘛？」

西維亞從沙發下面探出頭：「如妳所見，吃飯啊。」

「天啊，這太噁心了。」

誰知道西維亞聽完後，卻乾脆從沙發下面鑽了出來，悠哉地舔了舔嘴邊的血：「噁心？莎拉，妳這麼說可真不公平，妳以為我不知道妳的冰箱裡放了什麼嗎？」

呃，我的腦袋中頓時閃過一袋袋的雞胸肉、里肌肉和生培根，但是我依然故作強勢地說：「我也吃肉，但那又怎麼了？人類在食物鏈的頂端，所以吃什麼都不稀奇。」

說完最後一句話之後，我就有點後悔了。因為此刻我才想起來，西維亞身為非人類，很可能會對我的話感到不快，或許還會以為我在暗示她，對於人類而言，吃貓也不是什麼不可能的事。

可是西維亞卻是一副很鎮定的樣子，她跳上沙發，往旁邊的位置點了下頭，暗示我坐下。我不安地走了過去，小心翼翼地坐在沙發上，完全忘了在我腳下幾十公分遠的地方，還躺著一隻血淋淋的死鳥。

「莎拉，張開妳的嘴。」

雖然很疑惑，但是我仍然照做了。西維亞把她的小腦袋伸過來，湊到我嘴邊仔細看了看：「哎呀，你們人類的牙齒啊，真是慘不忍睹，別說獵殺和撕咬動物了，哪怕是吃草，你們都比不過山羊。」

緊接著，西維亞要我伸出手給她看，她只瞄了一眼，就用一種更加嫌棄的口氣說道：「妳看看妳的指甲，連一張紙都戳不破吧，讓妳去扯開動物的皮，恐怕先流血的是妳自己。」

接下來，西維亞向我展示了她的尖牙和利爪，然後告訴我：「妳看，你們人類其實從身體條件來說，並不具備食肉動物的特點，從理論上說，你們的飲食完全可以參照猴子，吃些堅果和水果就可以活。可是在你們每個家的冰箱裡，幾乎都會放上一大堆的肉，妳說這是為什麼？難道僅僅為了證明，你們有能力殺死世界上的一切動物？」

西維亞的話，讓我想起了網路上常見的素食主義之爭，很多素食信奉者說得最多的一句話就是：「覺得吃動物很殘忍。」而反對者們，往往會對這樣的說法嗤之以鼻：「即使是動物之間也會弱肉強食，這是自然法則。」我想，西維亞作為人類之外的動物，肯定對這樣的言論不會感到好受。

我問西維亞，她的意思是不是建議我從此改吃素，西維亞想了想，說：「我倒不認為有這個必要，但是我希望妳可以嘗試一下一整天不沾葷腥，只吃些水果和堅果，這樣除了對妳的身體有好處外，還能讓妳領略到食物的另一種意義。」

第二天恰逢是休息日，我按照西維亞的想法，帶著她去水果店，然後挑選了五六種水果回家。除了五六年前，我有一陣因為減肥而把水果當成主食外，從來沒有嘗試過一天只靠它們過活。

在西維亞的指導下，我將每一種水果洗淨，然後先放在鼻子下好好聞一番，再放到嘴裡慢慢品嘗，最後再緩緩吞下。那盤水果我花了一個小時才吃完，但神奇的是，以前在我大快朵頤的時候，從來不覺得水果能帶給我這樣的愉悅，此刻，當我學著慢下來後，竟然好像是生平頭一次聞到草莓的清香，嘗到香蕉的醇厚，感覺到蘋果的清脆，以及芒果的濃郁。當我吃完最後一口時，只感到渾身好像如沐春風，那種滋潤，絲毫不遜色於米其林三星餐廳的一份主廚牛排。

看著我陶醉的表情，西維亞對我說：「妳看，人類爬上食物鏈的最上面，並不是為了想吃什麼動物的肉就吃什麼動物的肉，而是為了可以有資格體會每種食物帶來的愉悅。對於急著果腹的猴子來說，肯定沒工夫像妳這麼細嚼慢嚥，但是妳卻能做到；同樣，對於我們貓來說，只能吃鳥和老鼠，沒辦法享受一份外焦內嫩的烤肉，但是妳也能做到。可是妳一直以來都是怎麼做的呢？」

我想了想，不禁有些慚愧，過去幾年來，家裡像樣的飯菜，基本上都是傑瑞做的，我只顧著坐享其成，卻從來沒有想過，自己去挖掘食物中潛藏的驚喜。或者也正因為我在飲食上的低能，所以和傑瑞分手後，我每次吃飯都會觸景生情，而且覺得自己悽慘至極：啊，我現在吃的簡直就是垃圾，之前那麼好吃的飯菜，以後再也沒有了。

我只顧著顧影自憐，卻忘記了自己正擁有著身為人類、充分享受食物愉悅的特權。

如果，我能學著自己體會食物的美好，那種食不知味的痛楚或許就會減輕一些。哪怕我一時半刻還成不了大廚，可是起碼可以透過研究美食，讓自己找到生活的另一種樂趣。

從那天起，除了運動外，我又有了一個新的愛好。也正是在西維亞潛移默化的培訓中，雖然我的生活依然緊張忙碌，客戶依然難搞，老闆依然脾氣古怪，但是我的心情卻和剛失戀時大不相同。而且讓我意外的是，之前困擾我好久的身體上的不舒適，包括那些噁心和頭暈的狀況，也都隨之消失了。

我開始相信，即便我失戀了，家裡的狀況也是一團糟，自己住在簡陋的公寓裡，工作很累，而且沒什麼存款，但是我卻依然可以獲得快樂，並且為自己的內心找到很多個支撐點。

正如西維亞所說，安排好自己的生活，果然是最重要的事。

07. 第八課：不要著急開始一段新戀情

對運動和美食的熱愛，支撐著我度過了倫敦最難熬的雨季。

忘了是哪位作家說過，壞天氣總是容易讓人抑鬱，尤其是在陰天和下雨時。而四月的倫敦，這兩樣全包了。以往我雖然也不喜歡這樣的鬼天氣，但是最多抱怨兩句而已。不過這一次，我的生活剛遭到接二連三的打擊，陰沉沉的天空和濕漉漉的環境，就更容易勾起心中的悲傷。雖然有了新的愛好，但我還是難免感到寂寞。

某個週五的晚上，我終於下定決心，在一個交友網站加入會員。之後，我整個晚上都在電腦前瀏覽那些會員的資料，看他們的照片，讀他們的自我介紹，順

便猜測他們真實的性格會是什麼樣子。

「莎拉，妳不準備做晚飯了嗎？看他們的照片就能吃飽？」西維亞不知道什麼時候站到桌子上，正伸著自己的小腦袋盯著電腦螢幕。

因為看得太過入神，我被西維亞的出現嚇了一跳：「天啊，西維亞，妳嚇死我了。」我邊說，邊假裝不經意地闔上電腦。但西維亞顯然並不打算就此打住：「莎拉，告訴我，妳看的是什麼？」

我糾結了一下，但還是說了實話：「我在看交友網站，看看有沒有合適的人選。」

西維亞顯得有些驚訝：「什麼？妳想找男朋友了？」我不好意思地點點頭。

「不行！」西維亞反對得斬釘截鐵。

「為什麼？我現在是單身，開始一段新的感情沒什麼不行。」

西維亞用力搖搖頭：「現在還不是時候。」

我有些不悅，這算什麼？預言還是詛咒？我不明白西維亞為什麼對這件事情反應如此強烈。

「可是，我真的很孤獨，希望有個人可以陪在身邊。」

西維亞看看我：「那麼，莎拉，妳希望找一個什麼樣的人呢？是臨時男友，還是想找到真愛？」

我告訴她，我不是個隨便的人，當然希望有一段真摯穩定的感情，最好兩個人能步入婚姻殿堂。

西維亞用爪子敲了敲我的電腦：「妳能這麼想，我很高興，我見過很多玩弄感情的人類，都沒有什麼好下場。只不過，現在對妳來說，真的還不是時候，如果妳僅僅為了談戀愛而去尋找男友，那麼很可能會因為急於開始一段感情，而做出錯誤的決定。」

西維亞的話，讓我陷入了思考。在此之前，我確實曾經見過一些女生在失戀後馬上投入下一段感情，但是結果卻並不美妙。

「你們人類是最耐不住寂寞的動物了，一大群人住在一起還不夠，還希望時時刻刻有個同類陪在身邊。可是，你們卻也常常因此陷入盲目，只看到對方一丁點的好，就迫不及待投入他的懷抱，以為是真愛，其實，只不過是個暫時排解寂寞的草包。」

「那妳說，什麼時候我才可以開始去找？」我很希望西維亞可以告訴我個確切時間。

「真愛怎麼可能是找來的？那簡直是天方夜譚。莎拉，妳永遠無法找到真愛的。」

我心裡一沉，沮喪地說道：「不要對我說這種話，西維亞，妳這簡直是在詛咒我。」

「我的意思是，所有真愛，都是自然而然水到渠成。妳知道我見過多少幸福的夫妻嗎？他們沒有一對是跑到網站上，像尋寶一樣主動找到對方，而是在某一天，某個時刻，兩個人忽然就邂逅了。」

我告訴西維亞，她一定是童話聽多了，現實世界根本沒那麼浪漫的戲碼。

西維亞歪著頭看了看我：「那好，莎拉，我問妳一個問題，妳希望妳的真愛，具備哪些最基本的條件？」

我開始掰著手指頭數著：忠誠、善良、有學識、熱愛生活、尊重我、有正當的職業、有責任心，最好再有點幽默……還沒等我數完，西維亞就打斷我：「我懂了，妳的這些要求，一點都不過分，但是妳能不能告訴我，當妳有一天真的遇到這樣的男人時，妳憑什麼覺得，他一定也會愛上妳？」

我試著回答：「因為我很獨立，而且心地很好，我對人真誠，對感情忠貞，還有……還有……」

我「還有」了半天，卻再也找不出對方一定會愛上我的理由。而且，讓我覺得喪氣的是，即便是剛剛我列出的那幾條，也不能確保對方就會被我吸引。

「看，莎拉，妳說不下去，就證明妳並不知道怎樣才能讓別人愛上自己。還記得我之前跟妳說過的嗎？不要花費時間和精力去研究別人，因為別人不會受妳的控制，而是應該把全部力氣都用來經營自己。妳想找到真愛，就要先不斷自我完善，然後把最好的自己呈現給所有人看，記住，所有動物都是被同類吸引的，當妳足夠好時，你不僅能吸引到一樣好的同類，讓他們心甘情願愛上你，而且還有能力識別出其中那個對的人。」

不要著急投入一段新的感情，先沉澱，再把自己變得更好，然後等待命運的相逢。西維亞的話讓我心中一震，雖然難免還是感到孤獨，但是從那晚以後，我就再也沒有上過任何交友網站了。

只不過，就在我設法充實自己的過程中，卻爆發了和西維亞的激烈爭吵。

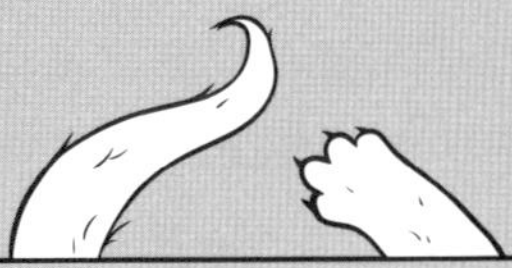

Chapter 7

如果只是想想，那還不如不想

「我和貓的關係，使我免於成為一個極端的無知之徒。」

——美國後現代主義文學先驅／威廉・布洛斯

01. 讓人為難的西維亞

在西維亞和我相遇之前，我從來沒有和貓相處的經驗，也沒有被誰收養的經驗，所以，當這兩者放在一起時，我確實有些無所適從。

尤其是，當培訓進行到一定的階段後，西維亞開始提出一些讓我難以完成的要求。

比如某個早上，她忽然從家中的某個角落叼出一個薄墊子，放到我的腳邊：「妳帶這個去上班吧。」

我納悶地看看她，又看看墊子：「為什麼我要把它帶去公司，我用不上。」

「當然用得上，妳工作累了的時候，或者吃完午飯，可以在這上面做一會兒

貓咪瑜伽。」

我告訴西維亞，如果我跪在辦公室的地上扭來扭去，同事們一定會像看怪物一樣圍觀我。

「那又怎麼樣？妳正好可以帶著他們一起做。」西維亞眨眨眼睛。

我只能盡力地對西維亞解釋，通常在人類世界，這種圍觀並不是件好事，人們會覺得我離經叛道，甚至是腦袋有什麼問題。而且我所在的是一家知名大公司，很注意企業形象，每個人都必須在上班時間儀態端莊，甚至髮型都不能亂，如果讓客戶看到一群人在辦公室裡做瑜伽，我們會被當成笑柄。

西維亞歎口氣，惋惜地用貓掌摸了摸墊子：「你們人類活得總是那麼累，寧可守著莫名其妙的規矩，也不願意做一些對自己有好處的事情。」

再比如，我聽從了西維亞的建議，每個週末有一天只吃水果和堅果，但是過沒多久，西維亞卻希望我可以週末兩天都這麼吃。我表示強烈反對，認為這很沒有必要：「西維亞，妳說過，吃什麼並不重要，重要的是從中享受食物帶來的愉悅，但是妳現在卻總干涉我的飲食自由，妳這是自相矛盾。」

西維亞將兩個貓掌搭到桌子上：「這並不矛盾，我不是讓妳只吃素食，而是讓妳學著嘗試一些自以為做不到的事。如果妳不想兩天都吃素食，那可以試著一天什麼都不吃，只喝水，另一天隨便吃，怎麼樣？」

「不用試了，我不願意。」我邊說，邊將一大片火腿賭氣地塞到嘴裡。

「妳都沒有試就拒絕了，莎拉，妳不認為自己太草率了嗎？」

「我不覺得。」

說起來，在近一個月裡，這樣不歡而散的談話出現了好幾次，有時候是因為西維亞讓我做我不想做的運動，有時候是由於她怪招百出的飲食建議，有時候則是她讓我做些類似「在人群中唱歌」「繞著大樹轉圈」這樣莫名其妙的舉動。我承認，在我人生最灰暗的時候，西維亞的陪伴讓我得以熬過了那些時間，但是現在，和她相處卻時常讓我感到疲累。有時候我回想起被她收養的那一幕，都會有種恍然隔世的感覺，而且還會覺得自己有些好笑：拜託，莎拉，妳是人類啊，妳竟然就這麼輕易答應一隻貓的要求，儘管她會說話，那又怎麼樣，怎麼說也不是妳的同類。

但是，每當類似的想法冒頭時，我就會提醒自己趕緊就此打住，畢竟，我現在只有她陪在身邊了，而且她幫我重建了生活的信心，我不能那麼沒有良心。

可是人大概就是這樣，內心只要有個不好的念頭閃過，想遺忘就不是件容易的事了。終於有一天，醞釀已久的問題，因為一件小事而徹底爆發。

02.
西維亞離開了

那是一個週六上午，我因為工作的事情需要在家裡辦公。我指尖在鍵盤上飛快敲打，只希望能夠趕快將工作完成，然而，就在我還有兩段文字就可以搞定時，筆記型電腦突然被「啪」地一下闔上了。

是西維亞，她跳躍過來，一下子就將螢幕扣了下去。我一邊重新打開電腦，查看檔案有沒有遺失，一邊惱怒地說：「妳在幹嘛？沒看見我正在工作嗎？」

「莎拉，妳看著它一整個上午了，妳原本說好今天和我一起出去散步的，我們還要嘗試一條新的路線呢。」

很好，經過西維亞這麼一搗亂，近半個小時內寫的東西全沒有了，我強壓著

心中的怒氣，對她說：「西維亞，妳知道剛剛的舉動，給我找了多大麻煩嗎？妳能不能別這麼煩人？」

經過一段很長時間的寂靜。等我察覺出不對勁時，發現西維亞正瞇著眼睛看著我，這讓我打了一個冷顫。如果我沒記錯，在貓的肢體語言中，瞇眼並不是個愉悅的表示。

「莎拉，妳剛剛說我什麼？煩人？對不對？」西維亞的語氣平靜，不帶任何波瀾。

一邊按照記憶重新打字，一邊回答：「大概是這麼說的吧，我太忙了，我們能不能待會再討論這個問題。」

「啪！」電腦又被重重地闔上了，西維亞乾脆坐在我的電腦上：「不行，就現在。」

我瞪著西維亞，她則瞇著眼睛看著我，我彷彿覺得空氣中有火花在閃，耳邊似乎都能聽到「劈啵」的聲音。

過了一會兒，西維亞率先開了口：「莎拉，我希望妳不要用這種口氣對我說話，也希望妳能記起，是妳親口答應我要按照我的計畫來重建自己的生活，更希望妳知道，我並不是妳的寵物，而是妳的收養者。」

西維亞的話讓我心裡很不好受，而最後「收養者」那幾個字，更是激發出了我心中潛藏的不滿。

「噢，收養者，妳真了不起，我真該好好感謝妳，」我的語氣中充滿了嘲諷，「所以，我就必須什麼都聽妳的安排，是嗎，主人？」

西維亞微微抬了下頭：「我沒有要當妳的主人，但既然是妳承諾過的事情，就應該做到，我們貓是很信守承諾的。」

「西維亞，妳難道沒有意識到，妳的很多要求都很讓人為難，甚至是不可能完成的嗎？全地球的人類裡，也只有我會傻呼呼地照著做，但其實有些時候，我根本不情願。」一氣憤之下，我把一切責任都推到西維亞身上。

「不情願嗎？我看妳每次運動之後，或者是品嘗完食物後，都很陶醉的樣子，我收養過那麼多人類，從來不知道，原來這種反應叫做『不情願』。」

這種時刻，我真的很不想聽到「收養」這個字眼，因為這相當於在提醒我，我必須對眼前的這隻貓表示尊重，並且聽從她的安排，而這一切，都是我當初心甘情願答應下來的。所以，當我再一次聽到西維亞說到「收養」時，我用力地吸了一口氣，然後揚起下巴大聲說道：「是啊，妳最擅長收養人類了，看到誰身處困境，妳就趕緊去收養對方，然後跟在對方身邊過一段衣食無憂的日子，還有舒服的房子可以住。而妳每天要做的，就是想辦法折騰對方一下，讓人們以為妳是真的有辦法幫忙解決難題。」

這一番話說出口，我只覺得大腦中驟然響起了兩個聲音。

「我終於說出來了，我把對她的不滿都說出來了。」

一個聲音雀躍道。

「妳瘋了嗎？剛剛說的都是什麼啊，妳真的是那麼想的嗎？」另一個聲音緊隨其後。

雖然我成功地將西維亞說得一無是處，但是我的心裡，卻並未因此有勝利的喜悅，而是盤旋著一種說不出的難過。隨之而來的，還有一種對於即將失去的恐懼和悲傷。

最終，還是西維亞先開了口：「那好，從此以後，妳自由了。」說完，她似乎朝我笑了一下，然後跳上窗臺，最後扭頭看了我一眼：「莎拉，妳現在的樣子，和妳最討厭的那些人，有什麼區別？」講完這句話，她跳出打開著的窗戶，沒幾下就攀上了屋頂。

我只聽見屋頂響起一陣輕柔的腳步聲，雖然看不到她到底去了哪裡，但是我想，她應該不會再回來了。

我重新打開電腦，繼續完成我的工作，可是不知怎麼的，只覺得鼻子一陣酸，忍了半天，眼淚還是流了下來。

03. 隱藏在心中的祕密

西維亞離開的那天，是我分手後第一次真正意義上的獨處。

晚上，我躺在床上，透過天窗看著倫敦夜空難得一見的星星，心裡各種滋味不斷翻騰。

「妳現在的樣子，和妳最討厭的那些人，有什麼區別？」西維亞的話再次在耳邊響起。是啊，我現在和我討厭的那些人，真的是一模一樣，甚至比他們更壞。記得和傑瑞最後一次見面，他諷刺我偷看郵件是自討苦吃，暗示我不如他的新歡年輕貌美，那時候我認為，這已經是世界上最大的惡意，可是就在十幾個小時前，我說西維亞收養人類，不過是為了混吃混喝，這樣的我，和傑瑞又有什麼不一樣？

在被戳中弱點時，總是會惱羞成怒。傑瑞的惱怒，來源於我指出了他的虛偽和背叛，而我的惱怒，則是因為西維亞的話讓我意識到自己的懦弱和自卑。

我不願意照著西維亞的要求去做，並非是因為那些事情我做不了，在人群中唱歌、在辦公室做瑜伽，這些事雖然會讓我有些難為情，但也不是絕對不行。真正讓我不敢嘗試的，是我心中潛藏的懦弱。

在別人看來，我是個女強人，在男人占大多數的ＩＴ行業裡打拚，作為家中的長女，我還經常幫助家人做各種重大決定，替父親處理各項事宜。但其實，只有我自己知道，我心裡一直有種深深的恐懼，我很怕自己哪件事情沒做好，就會破壞掉自己拚命維持的形象。有時候，我也很想主動求得一點安慰，或者是抱著誰哭訴一下，但是我不敢，甚至對傑瑞，我都不願意讓他看到我脆弱的一面。而正是這種在展示自我上的懦弱，讓我必須偽裝得更加強悍。

時間一久，我便成了一個只願做自己熟悉的事情的人，而對陌生的人和事，總是感到恐懼。

而我之所以和西維亞鬧翻，除了她總直言不諱地指出我不敢嘗試外，還有一個重要的原因，就是她每次提到「收養」，都會讓我的心中萌生出自卑。我的自卑，和一個隱藏多年的祕密有關。

在十六歲之前，我從來沒有想過自己要當一名工程師，甚至都沒往那個領域動過心思。與之相反，我那時候最大的夢想，就是成為一名作家。這或許和我家經營書店有關，但也確實是我的興趣所在。

可是，就在我十六歲那年，一位年長的親戚在聽說我的這個夢想後，特意送我一本巴爾加斯．尤薩的《城市與狗》，然後告訴我，作者在和我一樣大的時候，就寫出了第一個舞臺劇劇本。我知道，親戚的初衷是想鼓勵我，可是誰知道適得其反。當我看完書後，做的第一件事，就是將自己以前寫的稿件拿出來，並且統統撕掉。

和我看到的文字相比，我寫出的東西簡直太幼稚可笑了，如果拿出去發表，一定會讓人笑掉大牙。從那一天起，我感到了深深的自慚形穢，最後索性放棄了自己的文學夢想，轉而去做一些讓自己不至於自卑的事情。我選擇進入ＩＴ行業其實也有這層考慮，畢竟在這個領域，女性少之又少，所以，即便我做得不那麼出色，人們也會覺得我已經很了不起了。而在女性中，我的工作聽起來又很厲害，大家只要一想到我在一幫男人中爭飯碗，就會向我豎起大拇指。

這麼多年來，我很怕自己屈居人下，但西維亞收養我這件事，偏偏讓我有了這種感受，儘管，她從未對我頤指氣使過，可是卻擋不住我的心魔作祟。

在西維亞離開的這個晚上，我忽然開始學著反省自己性格中的弱點，並且挖掘出這個關於夢想的祕密。當我想清楚自己發怒的原因後，再回憶白天發生的那場爭吵，頓時覺得自己真的十分差勁。我為了自己不受指責，不僅推卸掉所有責任，而且惡意攻擊幫助過我的西維亞，那些諷刺她的話，此刻回想起來，自己都覺得臉紅。

可是，一切已經於事無補了，我和西維亞的關係，到此為止。

04. 徹底的孤單

西維亞離開後的一週，我感到史無前例的孤單。每天一個人回到家，一個人吃飯，一個人看看電腦，然後一個人睡覺，整個過程連一個字都沒有說。說也奇怪，明明只是一隻貓而已，為什麼她走了之後，我卻覺得整間房子空了不少？

為了排解心中的寂寞，我在週日特別去拜訪了皮普和布萊恩。他們看到我先是驚歎一番我的氣色看起來好了不少，接著我們聊了一些最近各自發生的趣事，還一起在他們家吃晚飯。原本，這次見面可以在這樣愉快的氛圍中結束，但是當我無意中看到櫃子上的一個禮物盒，一切就都不一樣了。

那是個方方正正的盒子，上面綁著粉色的絲帶，看來皮普和布萊恩還沒有拆

開它，但最關鍵的是，盒子外層的包裝紙，是我兩年前從一家小店裡買來的。如果我沒記錯，那卷包裝紙應該正躺在傑瑞公寓的儲物櫃裡。

傑瑞來過這裡了，而且不是一個人。

以他對顏色的偏好，絕對不會選擇粉色的絲帶，這分明就是那個銀河女孩的傑作，而且很可能，這份禮物就是她親自包好的。

我的心一下子沉了下來，而皮普和布萊恩順著我的視線，也已經看到了那個盒子。他們的表情似乎有些尷尬，一副不知道說什麼好的樣子。我忍了半天，還是問出了口：「他……他們來過了吧？」

皮普點點頭：「就在昨天。」

很長時間都沒有人說話，最後依然是我打破了沉默：「那女孩，怎麼樣？漂亮嗎？」

皮普和布萊恩沒有回答，我知道，自己問出的這個問題，根本讓人沒辦法回答。因為無論答案是什麼，我都會抓狂。

如果是以往，我或許還會追問：「你們喜歡她嗎？」「他們說了什麼，有沒有提到我？」「他們看起來感情怎麼樣？」可是，和西維亞的那次爭吵讓我意識到，不能對自己的朋友咄咄逼人，尤其是，皮普和布萊恩也是在我艱難時幫助過我的人。

我強迫自己擺出笑臉，然後和他們擁抱道別，可是一踏出大門，就忍不住哭了。之所以難過，並非是因為對傑瑞還有愛意，而是我忽然發現了一件事：那女孩不僅奪走了我的愛人，還即將奪走我的朋友，奪走曾經專屬於我的一切，而我除了眼睜睜看著事情發生，一點辦法也沒有。

我邊哭邊往家走，一路上，很多人都忍不住對我側目，他們一定都很想知道，一個女人出於什麼樣的理由，才會在大街上流淚。以前西維亞勸我在人群中做的那些事，那些有意思的、能帶來快樂的，我一個都不敢嘗試，而現在，我卻因為悲傷，達到了同樣的效果。

回到家，我衣服都沒換，就直接倒在床上。我把腦袋埋進被子裡，忽然覺得從小到大，從來沒有像此刻這麼孤單過。

我突然很想念西維亞，如果她在，一定可以找出讓我排解悲傷的方法。即使她一言不發，就那麼坐在我身邊也很好，起碼讓我知道，這世界上有些東西是別人奪不走的，讓我知道，我不是一個人。

就在我傷心欲絕的時候，忽然覺得什麼東西碰了我的頭，我以為是錯覺，沒有動彈，但緊接著，又是一陣同樣的感覺。

我把腦袋從被子裡探出來，只看見一個毛茸茸的貓掌正在我眼前晃來晃去，貓掌後面，是西維亞的臉：「嘿，莎拉，妳是準備用眼淚把自己淹死，還是想用被子讓自己窒息？」

我一把抱住西維亞，忍不住大聲哭了起來，儘管鄰居敲了好幾次牆，我依然止不住哭聲。

西維亞則用她的貓掌不停敲著我的頭：「疼疼疼疼疼，妳先鬆開，莎拉，冷靜，冷靜。」

05. 第九課：從最恐懼的事情開始嘗試

「也就是說，妳這幾天一直跟著我？」我一邊把一碗牛奶放在西維亞面前，一邊問她。

她點點頭：「原本我打算今晚就去另一座城市的，可是看到妳那麼傷心，所以想先安慰妳一下。」

「噢，西維亞妳真好。」我一下把她又抱在懷裡，用力地親她的臉。忽然，我想到了什麼：「可是，我怎麼都沒有發現妳？」

西維亞用貓掌用力地推開我的頭，一臉嫌棄地說：「我是貓，如果這點跟蹤的本事都沒有，早就無法在城市裡生存了。」

西維亞告訴我，在我們發生爭吵的第二天，她就開始跟蹤我，一週下來，看到我每天按時上班，回家也好好吃飯，並且從來都沒忘了做貓咪瑜伽和散步，她的心也就慢慢踏實下來。原本她準備在前往另一個城市前，就一直這麼隱身下去，但是當她在皮普家的窗臺外聽到那一番對話後，又看到我哭著走回家，就知道，自己必須再次出馬了。

「莎拉，這件事情，我想給妳兩個建議。」

我馬上坐下來，做出洗耳恭聽的樣子。

「第一個建議，妳不要怪皮普和布萊恩，他們已經做得很好了，妳不能要求所有人因為妳，而和傑瑞斷絕往來。」

我告訴西維亞，我絕對不會為難他們，而且會一直感激他們對我的幫助。

西維亞點點頭：「那就好。第二個建議就是，妳必須學著交一些新朋友。」

這個建議，卻讓我忍不住抱起怨：「可是，我平時工作很忙，沒時間和陌生人打交道，而且我是西班牙人，在這裡並不是那麼容易就能找到朋友的。」

西維亞歪著小腦袋看了看我：「莎拉，還記得我之前總讓妳去進行各種嘗試嗎？如果我現在問妳，願不願意嘗試一下用另一種方式交朋友，妳會怎麼回答？」

我告訴西維亞，雖然我還是難免害怕，但是卻不會再畏畏縮縮了。

對我的回答，西維亞顯得很滿意：「那好，既然妳願意嘗試，那就從妳最恐懼的事情做起吧。在這棟公寓裡，妳最害怕的莫過於住在八號公寓的那位鄰居，我希望妳今天晚上就寫一封信給她，介紹妳自己，然後明天早上將信塞進她家的門縫裡。」

我聽得目瞪口呆，下意識地搖了搖頭：「西維亞，妳換個方式好不好？讓我去人群裡唱歌，讓我圍著大樹轉圈都行，只要不是這件事。」

「如果不去做真正讓自己害怕的事，那嘗試又有什麼意義？」

「可是我……」

「噢，那好吧，後會有期，莎拉。」西維亞聽完之後，馬上跳上窗臺，做出要一躍而出的姿勢。

「我答應妳，我這就寫，現在就寫！」

在我寫信的時候，我忽然想起了一件事：「西維亞，妳剛才說妳今晚要去另一座城市？」

西維亞點點頭：「是的，尋找下一個收養物件。」

我趕緊抓住西維亞的貓掌：「不，妳別走，妳也不要去收養別人，我收回之前的話，向妳道歉，妳繼續收養我好不好？」我一邊說，一邊讓自己做出楚楚可憐的表情。

西維亞用一種哭笑不得的表情看著我，然後跳到地上，做出一種巡視四方的姿態，就像我們第一次對話時那樣，然後她轉過頭，對我說：「所以呢，莎拉，明天妳最好換一個牌子的牛奶，這個太甜了。」

我笑了。我知道，西維亞重新回到了我的生活。

Chapter 8

一切都變得意想不到

「一個名字只對應一隻貓，但除此之外，牠們還有一個名字，你永遠無法猜到的名字，人類無法發現的名字，貓自己知道卻永不會說的名字。」

———諾貝爾文學獎得主／T.S.艾略特

01. 第十課：所有針鋒相對，都能得到溫柔和解

當我將信封塞進八號公寓的門縫時，覺得心臟都快跳出來了。

我用最快的速度下了樓，然後騎上自行車（這是西維亞的要求，她說如果我不能步行上班，那就必須要用一種能鍛鍊身體的交通工具）飛馳而去。

那是一封很簡短的信：

親愛的烏茲拉克太太：

我是您隔壁的鄰居，我叫莎拉，是出生在倫敦的西班牙人，和我的貓西維亞生活在一起。

我搬來以後，總是發出很多噪音，給您添了不少麻煩，我想為此跟您道歉。另外，如果您需要我幫忙，儘管開口。

祝您生活愉快！

莎拉

西維亞告訴我，既然我決定嘗試新鮮事物，那麼不妨從最恐懼的事情做起，比如主動接觸一個難以打交道的人，並且嘗試和對方成為朋友。雖然，對於西維亞的話我十分存疑，但是卻照做了。

當天晚上，當我打開家門的時候，只看見一個鵝黃色的小信封正安靜地躺在地上，我走過去把它撿起來打開，裡面是一封信：

親愛的莎拉：

感謝您的來信。有時我脾氣不好、態度惡劣，我為此向您真誠地道歉。我曾因為一次意外事故患上了聽覺過敏症，幾乎無法忍受任何聲音，有時一點動靜都會把我氣得失控，變得歇斯底里。那次意外事故也使我毀容，所以我平時不怎麼出門。

願上帝保佑您！

伊凡娜

信上的字跡非常娟秀，信紙還散發著一股淡淡的香味。看著手裡的信，我心中既感動，又有些慚愧。如果我沒有聽從西維亞的建議，主動對我的鄰居示好，那麼恐怕永遠不會有機會聽到伊凡娜對我說明真相，她在我心中會一直是個脾氣暴躁的瘋子鄰居，而我在她眼裡，恐怕也永遠是個帶著貓獨居的吵鬧女人。

沒多久，西維亞回來了，我把信念給她聽，並且表達了內心的想法：「妳說得對，我確實應該勇敢去試試，不然就只能活在自己的想像裡，錯過很多了解別人的機會。」

西維亞點點頭：「莎拉，妳說得沒錯，但妳可以想得更遠一點，除了伊凡娜，這個世界上或許還有其他人也一直活在妳的想像中。如果妳也肯給自己一個了解他們的機會，那麼妳就會發現，其實所有針鋒相對的問題，都能找到一種溫柔和解的方式。」

經過了一個晚上的思索，第二天中午，我打了一通電話回家裡。

幾聲嘀嘀聲後，響起了阿爾瓦羅的聲音，當聽到話筒裡的人是我後，他馬上說：「呃，妳稍等，我去叫父親。」

我請他稍等一下，並且告訴他，我今天打電話只希望能跟他聊聊，這讓阿爾瓦羅有些詫異：「找我？那……有什麼事嗎，姊姊？」

我鼓足勇氣開了口：「聽我說，阿爾瓦羅，我想跟你道歉。這麼多年，我一直對你有些成見，可是仔細想想看，這幾年一直在父親身邊照顧他的人，是你，不是我，而我則在倫敦過著自己的生活，說起來，我實在沒資格指責你。」

很長時間的寂靜後，傳來了阿爾瓦羅的聲音：「唉，別這麼說，莎拉，其實……我也知道自己是個惹禍精，而且，抵押房子那件事，我確實做得很差勁。」

聽到他也終於開口承認錯誤，我著實鬆了一口氣，這似乎是我們敞開心扉、消融隔閡的一個開始。

緊接著他告訴我，他和父親商量過了，決定將房子賣掉，然後還清債務後搬到另一個地方居住。當然了，因為搬家的緣故，還有一堆事情需要處理，比如將多餘的家具處理掉，還有那輛為家中效力很多年的汽車，因為新家地方有限，實在放不下它。

聽到這裡，我腦中出現一個念頭，急忙打斷了阿爾瓦羅：「先別急著賣！你們等等我，我有一個計畫。」

02. 難忘的旅行

我家的那輛車，是一款開了很久的大眾牌麵包車，並且，在它剛剛來到我家時，我們就為它取了個很有意思的名字：羅西南多二世。

它的哥哥「羅西南多」是唐・吉訶德的坐騎，我們希望這輛麵包車也可以帶著我們去進行各種新奇的歷險。在我和阿爾瓦羅年幼時，父母經常開著它帶我們去旅行，可以說，它承載了我父母年輕時許多難忘的回憶，還有我們姊弟倆童年時代的美好時光。

當聽到它即將被賣掉的消息，我忽然有一個大膽的念頭：為什麼我們不開著它，進行最後一次歷險？事實上，父親一直希望可以在我回西班牙的時候，來一

場三個人的旅行，只是鑒於我和弟弟的緊張關係，一直沒有成行。現在，我和阿爾瓦羅打開了心結，而且羅西南多二世也即將和我們告別，現在實施旅行計畫，是最好、也是最後的機會。在聽到我的計畫後，阿爾瓦羅表示非常贊同。

於是，我用了一週的時間將工作進度趕了出來，然後假裝無視安妮的白眼，毅然請了年假，之後回到馬德里。西維亞這次並沒有和我同行，她說既然是家人的旅行，那麼就應該讓家人們享受在一起的時光，況且，比起搭乘汽車，她更喜歡用自己的腳去探險。就這樣，一場久違的家庭旅行，在羅西南多二世的油門聲中正式起程。

我們先是去了富恩特迪盃地，沿途的景色讓我彷彿回到了遙遠的過去，我們在林間小屋度過三天的時光。父親特意帶了一些書，在營地擺個小書攤，讓我和阿爾瓦羅感到意外的是，父親的書攤銷量竟然不錯，顯然，不少人在身心悠閒的時候，還是願意選擇一本滋養心靈的書籍。但父親的另一個舉動，卻讓我有些哭笑不得，他一邊賣書，還一邊想著為我尋覓男友。

「我剛發現了一個不錯的傢伙，他在讀昆德拉的書，而且單身，我剛剛向他說起了妳。」

「好了，爸爸！」

「而且他還挺帥氣的，雖然沒有妳老爸這麼帥，不過還不錯。」

「行了，爸爸，我可不是到這裡來談情說愛的。」

拒絕了父親的好意，因為我始終記得西維亞的話，真愛不能貿然尋找，而是要先讓自己變好，再去等待那場奇遇。

第四天，我和阿爾瓦羅趁著父親賣書賣得正起勁的時候，商量著一起去山上走走。我們坐纜車到了山峰最高處，漫無目的地走了好幾個小時，呼吸一下新鮮空氣，俯視了四周的美景，然後決定下山。

在尋找回程纜車站的時候，我們碰到了一個推著小貨車賣明信片和小吃的老人，問路的時候他告訴我們，再走五分鐘就能找到下山的纜車站。

「現在幾點？」阿爾瓦羅問我。

我看了看錶，發現才剛剛七點半。最後一批纜車八點才發車。

「我們時間很充裕，不如在這休息一下吧。」我提議道。

於是我們在懸崖峭壁邊上的草地上躺了下來，把帆布背包放在一邊。

舒服地躺了幾分鐘之後，阿爾瓦羅忽然問我：「妳現在過得怎麼樣，姊姊？在和傑瑞……那件事以後。」

「現在沒事了，已經好多了。起初我的確過得很糟糕，我一下子失去了太多，尤其是我失去了對人的信任。」

「是啊。」他停了停，又繼續說道，「我很抱歉，妳告訴我這件事的時候，我的態度很惡劣，當時我正因為書店的事焦頭爛額……」

「我明白，阿爾瓦羅，沒關係。」我注視著他的眼睛說，然後頓了頓，「你過得怎麼樣？」

他坐起來，雙手抱著膝蓋，歎了口氣，回答說：「很糟糕啊，我不知道接下來該怎麼辦。姊姊，其實從小時候開始，我就很羨慕妳，妳的目標一直很明確，清楚自己應該怎麼做，而我始終是家裡的一大災難。我究竟該怎麼辦呢？要是妳有什麼建議的話，我真的很願意洗耳恭聽。」

這個時候，我忽然想起了西維亞，想著如果她在這，會怎麼安慰我的弟弟。

思索了一會兒後，我對阿爾瓦羅說道：「我有個朋友曾經告訴我，如果遇到想不明白的事，與其因為糾結而停下腳步，不如先使勁往前跑，說不定跑著跑著，你就能發現自己想要的答案了。還有，如果你想獲得新的生活，就要多嘗試那些自己害怕的事，不要被偏見影響了選擇，更不要迴避問題。」

阿爾瓦羅使勁點了點頭，語氣真誠地說：「姊姊，妳的朋友真是個有智慧的人，能不能介紹給我認識，她漂亮嗎？」

我忍不住笑了：「她很漂亮，不過似乎不是你中意的類型。」

阿爾瓦羅聳聳肩：「是啊，這麼聰明的女生，也不可能看得上我……說起來，現在幾點了？」

我看了一眼手錶：「七點半。」

剎那間，我們兩個都滿臉驚訝地僵住了。

「怎麼會還是七點半啊！」他霍地一下跳了起來。

「天哪！」我起身抓起帆布背包，「我的手錶竟然停了！」

03. 阿爾瓦羅的請求

我和阿爾瓦羅狂奔到了纜車站，發現那裡空蕩蕩的，連門都已經上了鎖。

「現在怎麼辦？」我焦慮萬分地說道，「我們不能在這過夜啊！」晚上山上的氣溫很冷，而我們隨身攜帶的東西裡，唯一能用來禦寒的就只有雨衣。

阿爾瓦羅拿出手機試了試，沮喪地說：「我的手機在這裡沒有訊號。我們要是遇不到可以幫忙的人……哦，對了！那個賣明信片的老人也許還在附近。」

於是我們急忙往回跑，翻過先前那座小山，終於看見他的身影。此刻，他已經收拾好東西，準備開著他的小貨車離開了。

「喂！」我們一邊大聲呼喊著，一邊揮動著手臂朝他跑過去，「等一下！」

老人聽到我們的呼喊，回過頭來。我們追了上去，把自己的遭遇告訴了他，這時我們發現他的小貨車裡還坐著一個人，大概是他的老伴。

他聽完我們的話，用同情的語氣說道：「我很樂意幫助你們，但車裡沒有地方可坐了，後面也都裝滿了東西。」我們看了看，的確如他所說。

「一定會有辦法的。」阿爾瓦羅說道，「哦，我們坐在後門這裡如何？」

他說著，便坐到了車後面的邊緣位置上，緊挨著一堆裝蘇打飲料和巧克力棒的箱子旁。

「阿爾瓦羅，你瘋了嗎？」我對他說道。腦子裡頓時閃過我們兩人在劇烈的顛簸中摔下懸崖的畫面。

「別擔心，莎拉，沒問題的。」

「不，我不行的。」

「妳可以的，過來吧。要是等會兒我們覺得太危險可以馬上下車，但現在我們至少得試一試。」

「你們自己決定吧，」老人說著，坐進了車裡，「我得出發了。」

我凝視著弟弟的眼睛，忽然意識到，此時此刻他懇切地企盼我能相信他，尊重他的判斷，給他一次機會證明，自己可以把姊姊從她造成的災難中拯救出來。

他不是在邀請我上車，而是在請求我給他信任。我咬咬牙，抑制住自己內心瘋狂上湧的恐懼感，坐到了他身旁。很快，我們上路了，車子劇烈地搖晃起來，像在地震中一樣，我的心怦怦怦地跳動，彷彿要衝出胸腔似的。

這時，我突然聽到阿爾瓦羅唱起歌來，唱的是西班牙作曲家何塞·路易斯·佩拉萊斯創作的一首和路有關的歌。他滿懷自信地唱著，我知道他是在想方設法安撫我，驅散我的恐懼，於是我也跟著他唱了起來。

當我們終於回到露營地時，爸爸正坐在一把折疊椅上讀普魯斯特的書，他一看到我們，就笑了起來：「你們倆到底跑到哪兒去了？怎麼弄得像兩隻野猴子似的！」

在燈光的照射下，我看著阿爾瓦羅，他滿面灰塵，頭髮、眼鏡、鞋子上都覆蓋著一層塵土，他也望著我從頭到腳被灰塵裹滿的樣子，頓時相視大笑。

04. 在星空下擁抱

那天晚上，爸爸和阿爾瓦羅生起了一堆篝火，說要烤些雞肉來吃。

我自告奮勇地去撿木柴，就在我尋覓乾枯樹枝的時候，被漫天的璀璨繁星吸引住了。

記得小時候，每當有著美麗星空的夜晚，媽媽總會對我們說：「用你們的眼睛盡情享受一切吧，孩子們。」此時此刻，我彷彿在一片星海中依稀看到了她的面容。如果她在天上看到我們三個人和樂融融地在一起，應該也會高興地笑吧。

人類總是覺得能戰勝一切，但唯獨死亡，始終讓我們束手無策。

在回西班牙之前，我曾在某個夜晚和西維亞有過一段關於死亡的對話。那天

晚上我心血來潮地問她，貓們對於死後的世界是怎麼看的？比如人類相信的那些天堂、轉世輪迴和鬼神，在貓的眼裡看來會不會很愚蠢可笑？

西維亞望了望夜空，緩緩開了口：「其實，你們人類這麼執著於探尋死後的世界，是因為你們對於死亡，有著很大的恐懼吧？所以希望有一個死後的世界，將生命繼續延續下去。」

「誰不害怕死呢？畢竟一旦死去，就意味著消失不見，自己擁有的一切都不存在了。」

西維亞扭過頭，用一種奇怪的眼神看我：「怎麼會消失不見呢？只是用另一種形態繼續存在著，不光你們，萬事萬物都一樣，死亡並不是終點。」

我告訴西維亞，她的話我有些聽不懂。

她爬到屋頂的最高處，身體在夜空下成了一個黑色的剪影：「死亡，只是讓我們換了一種生存的方式。妳看到的是呼吸停止、心臟不再跳動，然後人進入泥土，化為殘骸，但這只是身體的消失，並不代表這個人了無痕跡地消失了。妳可能無法再擁抱一個逝去的人，但是總有一天，妳會發現他其實還在妳的身邊，而且是以最美好的樣子。」

那時候，對於西維亞的話，我似懂非懂。而在這個旅行中的夜晚，我再一次想起了那一次的對話，我一邊想，一邊抱著木柴往回走，當我到達營地後，看到爸爸和阿爾瓦羅正在星光下喝威士忌。他們看到我回來，也幫我倒了一杯，我一邊喝，一邊告訴他們，剛剛在林地裡，我看著漫天星星，忽然很想媽媽。

一時間，大家都不再言語，而我則用手機查找出媽媽生前最愛的詩句，輕聲朗讀起來。過了一會兒，爸爸站起身，熱淚盈眶地抱住了我，阿爾瓦羅也過來抱住了我們倆。在璀璨的星光下，我們三個人緊緊地擁抱在一起。

那一瞬間，我抬眼看著璀璨星空，忽然懂得了西維亞的那句話：「總有一天，妳會發現他其實還在妳的身邊，而且是以最美好的樣子。」

逝去不代表消失，總會有溫暖長存心間不朽。

05. 和鄰居的另類友情

當我從西班牙回到倫敦後，又繼續投入了之前忙碌的生活。一切似乎是老樣子，但一切又都有些不同。

在我回到倫敦後的那段時間，我和隔壁伊凡娜的書信往來越來越頻繁。她不喜歡面對面的交談，我只好和她一直互通書信。

由於我曾稱讚過她字跡優美，所以她告訴我，自從意外事故發生後，她一直練習書法，這項沉默的活動能夠安撫她的靈魂，給她帶來莫大的安慰。關於那次改變了她一生的事故，起因在於她的丈夫安德列和一位鄰居在公寓裡安裝了煤氣管，卻沒想到管道安裝得並不嚴密，夜裡，她的女兒安雅想點一根蠟燭去浴室，

於是安德列就劃了一根火柴……

伊凡娜在信中這樣寫道：

一片刺眼的火光伴隨著「轟」的一聲巨響，我用雙手捂住了臉……現在我依然覺得自己總能聽到那聲巨響，任何微小聲音都能使我想起它，所以我總是戴著耳塞。我既不能聽收音機，也不能接電話。看電視的時候，也必須把聲音關掉。

出事後，她跟隨著自己的一位姑媽來到英國，由於她患有聽覺過敏症，而且在事故中毀了容，因此成了一名與世隔絕的隱士，除了那位姑媽以外，她幾乎不與任何人見面。

「親愛的莎拉，」她總是這樣寫道，「每當我收到妳的來信時，都會感謝上天。」

坦白說，每次看到這樣的話，我都覺得感謝上天的，應該是我。

伊凡娜的悲慘經歷讓我意識到，自己不該對生活有麼多的抱怨，我擁有著很多她所羨慕的東西——健康、正常的容貌、一份工作、家人和朋友，以及擁有無限可能的未來。而我卻常常活得比她都要悲觀，心中偶爾還會充滿怨恨，比如當我想起傑瑞的時候，還是忍不住湧出恨意。

和有著特殊經歷的人交流，並不是為了從對方的身上尋找優越感，而是為了讓自己反省自身，並且珍惜當下擁有的一切。

但是，隨著通信的時間越久，我發現了一個問題。對於伊凡娜來說，我不僅是她唯一的朋友，而且還是她與世界聯繫唯一的紐帶，如果有一天我搬走了，或者因為有事不能回信，那麼她的這條紐帶也就會隨之斷裂。

不能讓她繼續這麼孤寂下去，我默默地下定決心。

我提起筆，給伊凡娜寫了這樣一封信：

親愛的伊凡娜：

我準備了一份禮物，想要親手交給妳。我可以和妳見面嗎？

莎拉

第二天，我沒有收到回信，第三天依舊沒有。第四天晚上，我吃完晚飯，忍不住猜測起伊凡娜的想法，或許，我的這個請求讓對方太為難了吧，她或許會覺得我很失禮，或者認為我很冒失……就在我胡思亂想的時候，西維亞回來了，她緩緩向我走來，嘴裡還叼著一個小小的、我所熟悉的鵝黃色信封。

信上只有一行字：

請妳到我家裡來吧，莎拉。

我拿起準備好的一份禮物，走到外面的走廊，看到伊凡娜的房門是半開著的，就這樣輕輕地走了進去。屋子裡很暗，拉著窗簾，伊凡娜站在房間的角落裡，依舊穿著我第一次看見她時穿的浴袍，黑色的頭巾蓋住了半張臉，右手握著一支銀色的書法筆，看來，這支筆就是當初被我當作是「刀子」的東西。

我小心翼翼地把門關上，盡量不發出一絲聲響。之後半天時間，我們兩個誰也沒動。伊凡娜的頭微微低垂著，把臉藏在頭巾的陰影裡，她的房間桌子上整齊地擺放著幾卷書法練習用的白紙，和一盞老式的檯燈。

我向前走了幾步，把禮物遞給她。她用雙手接過禮物時，微微抬起了頭。儘管屋子裡光線昏暗，我依然能夠看到她的臉曾受到過嚴重的傷害，不過她的眼睛卻在黑暗中閃閃發光。我向她微笑著，她也向我露出了笑容。之後她走到桌邊，迫不及待地拆開禮物的包裝，像一個剛剛收到生日禮物的小女生一樣。而當她看到盒子裡的東西時，一下子愣住了。

那是一部新型的平板電腦。她仔細端詳了好一番，終於找到了開關。打開以後，螢幕上出現了我預先輸入好的文字：

親愛的伊凡娜：

我猜，妳會喜歡上這個小玩意的。妳可以把它的聲音關掉，它裡面裝著每種書法的字體，妳還可以用它上網，了解妳想知道的一切，當然，妳更可以用它來和別人交流。我可以告訴妳怎樣使用它，如果妳有任何疑問，就告訴我，好嗎？

她驚訝地撫摸著平板電腦，臉上流露出難以置信的神情，之後把它小心翼翼地放在桌子上，試著觸摸了幾下虛擬鍵盤，當發現螢幕上立刻出現字母時，她開心地笑了。

我走上前，刪除了她剛剛打出來的字母，然後打出「好嗎？」兩個字。

她遲疑了片刻，接著用一根手指慢慢敲打出一句話：「真不可思議，這禮物太貴重了。」

我又用鍵盤對她說：「將來有一天我找到一個好男人結婚時，我想請妳用那美麗的字體為我寫請柬。」

她自信地笑著，用鍵盤打出：「好啊！」

我們倆眼睛裡都閃爍著淚花，之後，她給了我一個讓我畢生難忘的擁抱。透過伊凡娜的肩膀，我看見西維亞正站在窗臺上，靜靜地注視著這一幕。

06. 第十一課：做更有意義的事

和伊凡娜的來往，對我而言有著另外一層意義。

那就是，我意識到自己有著幫助別人的能力，我的存在除了對我自己外，還有了其他的意義。而在此之前那麼多年，我從來沒想過，自己還能煥發出這樣深刻而美好的意義光芒。

某天早上，當我對西維亞說出這種感受時，她的眼睛轉了半天，然後問了我一個問題：「莎拉，妳覺得，你們人類每天過得那麼忙碌，意義是什麼呢？」

我想了想：「意義大概就是，為了過上更好的生活吧。」

「什麼是更好的生活？大大的房子，很貴的車子，脖子上纏滿鑽石，吃各種

山珍海味，是這樣的生活嗎？這只是富裕的生活，卻並非是更好的生活。」

我問西維亞，在她看來，那麼多人每天努力奔忙，到底有著怎樣的意義？

西維亞沒有回答我，而是反問了一個問題：「難道妳這麼多年，從來沒有遇到過那種不為金錢和名譽，只為了心中某個美好想法而努力的人嗎？」我仔細想了又想，忽然回憶起了一件往事。

那還是格雷的公司剛被我們現在的老闆收購不久發生的一件事。當時，我被分配到了一家菸草公司當專案人員，為他們設計網站。對於這項任務，我的內心是十分排斥的，因為就在幾個月前，我的母親剛剛因為吸菸過度引起的肺癌而去世，所以我對於那些善於蠱惑人心的菸草商人十分反感。可是為了保住飯碗，我只能按照對方的要求一遍遍進行修改，但就在網站發布的第二天，出現了一件怪事。

另一家幾乎一模一樣的網站出現了，它的設計者從頭到尾模仿我設計的每一個細節，但是網站的內容，卻在和菸草公司公然唱反調，詳細論述了吸菸對健康的危害、銷售公司的行銷手腕等內容。

後來我們才知道，它是由一些志願者自發組成的團體設計的。菸草公司的人為此大發雷霆，並將這個團體的成員告上了法庭，但最後不僅敗訴，此案引發的爭議更使整個菸草行業都遭受到了嚴重的打擊，為此，英國政府還頒布禁令，從此禁止一切香菸廣告。

「天哪，莎拉，妳的職業生涯中還有過這麼精采的事啊，連政府都驚動了，怎麼以前從來沒有聽妳說過。」西維亞的語氣透露著驚奇。

我卻有點無奈：「沒什麼可說的，又不是我的功勞，況且，我在這個故事裡可是站在邪惡的陣營裡。」

「那麼，在妳看來，那些志願者就是那種不為金錢和名譽、只為了自己心中某個美好想法而努力的人？」

我點點頭：「是的，坦白說，我很欽佩他們，甚至暗暗為他們拍案叫絕。」

「那妳說，這樣的事情，算不算得上有意義？」

「當然算，如果我有機會，真想也做一次這樣的事。」

「妳現在也可以選擇做這樣的事啊。」

「我……可是我得賺錢，不然無法生活。」

「辦法總會有的，妳是工程師，即使不在現在這家公司工作，也一定可以找到養活自己的工作，但是有意義的事情，一旦錯過，就很難再遇到了。」

「喔，天哪，我……」

我找了個藉口，趕快溜出家門。然而，那天在公司工作的時候，我卻不知怎的，出了好幾次神，手像不聽使喚一樣，忍不住開始搜索起環保志願團體。

07.
勝利之約

幾天後，我和「夢想工作站」的負責人見了面。正是這個環保團體，在幾年前惡搞了我們的菸草客戶。

「歡迎妳，我叫湯姆。」負責人向我自我介紹。

湯姆個子很高，有一頭金黃色的捲髮，留著小鬍子。他是一名加拿大設計師，來英國已經八年了，他和這個團體的其他成員一樣，都是自由職業者，平時幫一些公司和個人做設計。

「自由工作的感覺怎麼樣？是不是很自由？」我想起西維亞對我的職業建議，忍不住向湯姆討教。

湯姆微微一笑：「其實，我不大適合在家工作，那樣我有時會懶懶散散地到中午才起床，然後我的狗見到我那副樣子，就會教訓我。所以我平日裡也寧願到這裡來，和大家一起工作。」

「你養的是哪種狗？」

「一隻非常聰明的拉布拉多犬，名字叫班。妳也養狗嗎？」

「沒有，但我養了一隻貓，叫西維亞。她教會我很多東西，也許你覺得難以置信，其實就是因為她，我今天才有勇氣到你們這裡來的。」

「和班相伴了這麼久，我相信一切奇蹟。」對於我的言論，他一副十分理解的樣子，似乎並沒有覺得我的話有些怪異。

緊接著，他向我介紹了其他幾位元老成員，並向我大致說明了這裡的情況。之後我們在一張桌子前坐了下來，我把電腦從背包裡拿了出來。

「聽我說，湯姆，我現在要透露給你的資訊屬於機密情報……」

我告訴湯姆，皇家石油為樹立新形象，特意收購了幾家小型的再生能源公司，但實際上，只是做做樣子罷了，他們並沒有打算做任何對環保有益的事情。

他很嚴肅地點點頭：「所有的石油公司都愛來這一套，打著環保的幌子去破壞環境。所幸有妳的幫忙，我們就可以在暗處給他們來個突擊。」

之後，我們一起構思了一些細節，包括用怎樣的圖片、寫怎樣的口號。在聊天中我發現，湯姆是個十分風趣的男人，他總能激發出我靈感的火花，而且很尊重我的想法，在我說話時，會注視著我的眼睛認真傾聽。

對了，他身上沐浴乳的味道也很好聞，像是香草在陽光下散發出的清香。

噢，天哪，我這是怎麼了，為什麼會注意對方沐浴乳的氣味，想到這裡，我忽然覺得臉上一紅。

聊到最後，我和湯姆都覺得依然不盡興，於是我們約好要時時保持聯繫，一旦有了新的想法也要及時告訴對方。當我拎著背包即將走出「夢想工作站」時，忽然聽到他在身後說：「等到我們大獲全勝的那一天，妳帶著妳的貓，我帶著我的狗，我們一起慶祝一下吧。」

我點了點頭表示答應，然後趕緊快步走出去，生怕湯姆發現我的臉已經是一片通紅。

08. 第十二課：人生嘛，總得有幾次完美逆襲

眼看皇家石油公司網站發布的日子一天天逼近了，許多收尾工作令我忙翻天，與此同時，湯姆他們的「偽皇家石油公司網站」也一直讓我掛心不已。但讓我憂愁的不僅是這兩家網站，還有我對於湯姆的好感，隨著我們的交流而與日俱增，可是，我卻對他的感情狀況一無所知。他結婚了嗎？有沒有女友？這些猜想讓我時不時就發出一聲歎息。

而每當我向西維亞諮詢的時候，她卻總是兩眼一翻：「別問我，我沒有戀愛經驗，再說了，我也沒有見過妳說的這個湯姆——湯姆，傑瑞，《貓和老鼠》——或許從名字上來看，我倒是應該站在這個加拿大人這邊。」

我被西維亞難得的幽默逗笑了。

轉眼時間就到了九月一號，這一天，正是兩家網站先後發布的日子，按照之前的計畫，湯姆的網站會比我們的晚上線五個小時。整個白天，我都是在高度緊張下度過的。一方面，我依然要做好自己的本職工作，在老闆和所有同事面前扮演好一個為了皇家石油兢兢業業的工程師，另一方面，我很怕湯姆那邊會有什麼問題。在這樣的雙重壓力下，我回到家很早就睡下了。

第二天，我剛一醒來，就看到了手機上安妮打來的兩個未接電話。

據說從這一天的清晨開始，各大報社的編輯部、無線電臺和電視臺的電子信箱都收到了皇家石油公司「兩家」新網站正式發布的電子郵件。這兩家網站在風格和內容上大同小異，它們都有一個相同的大標題——「發展新能源」，也都有一個「綠色太陽」的企業標誌。許多不了解具體情況的編輯起初都以為，這不過是同一家公司網站的兩個版本，但仔細瀏覽內容之後，全都大吃一驚。

而當我剛一踏進辦公室，就看到六七個人圍在電腦旁邊，一副竊笑的表情。

「莎拉，妳過來看看！」格雷把我叫過去，「妳肯定無法相信，竟然會有這種事。」

「啊？怎麼了？」我故作懵懂的樣子。

我看到電腦上的網頁時，只感到心臟一陣狂跳，

湯姆設計的傑作不僅掀起了軒然大波，而且無疑已經獲得了勝利。網友們已經在他的帶動下，紛紛自發設計出了各種別出心裁的「廣告」，對皇家石油展開了猛烈的攻擊。其中有些非常睿智，幾個同事看到後，都忍俊不禁。

「皇家石油那幫人肯定氣炸了！」

「是啊，他們死定了！」

「會是什麼人幹的呢？」

我一邊聽著同事們嘻嘻哈哈地說笑，一邊打開自己的電腦，看似緊張沮喪，實則津津有味地欣賞著妙趣橫生的各種「廣告」，就在這時，安妮的祕書通知我們，「緊急會議」馬上召開。

參與這個項目的三十個人都被叫到了會議室，圍著房間中央的桌子站成一圈。安妮就像一位憤怒的將軍，幾乎是咆哮著說完了事情的始末，然後她環視了

一下屋子裡的所有人：「對於剛剛發生的事情，你們應該都已經一清二楚了。我已經和皇家石油公司的人談過了，告訴他對此我們也感到很震驚。這件事情引起的後果相當嚴重，不僅影響到我們與客戶之間的關係，也損害了我們作為一家顧問公司的名譽。」

這時，我聽到有幾個人在角落裡竊笑，安妮頓時氣得臉色煞白。

「你們覺得這件事好玩嗎？」她說著，朝他們走了過去，高跟鞋發出噠噠噠的聲音。

「其實啊，安妮，」格雷為了緩和氣氛開口說，「那網站設計得確實不錯，有很多值得我們學習的地方……」

「你在胡說些什麼？」她乾脆地打斷了他，「我們雙方之間簽訂了保密協議。但願我們的團隊成員中沒有奸細，我答應理查我們會展開內部調查，現在我先問你們一句，你們當中有沒有人知道些什麼？」

我知道，該是我上場的時候了。

「安妮，」我故作躊躇不決地說道，「我想，我的確知道點什麼。」

屋裡所有人的目光一齊落在我身上。

「真的嗎？妳知道什麼？」她詫異地問道。

我一步一步地朝著安妮走過去，格雷則滿臉驚愕地望著我，恨不得一把將我拉回來。

「不好意思，安妮，」我走到她面前，「妳可以稍微讓開一點嗎？」

雖然她不明所以，但還是照我說的站到了一邊。當她挪開身子的時候，身後白板上的一行藍字露了出來：「是我代表全體動物幹的，也包括妳在內！」署名處是一個貓的小掌印，那是西維亞的掌印。

所有人都忍不住哈哈大笑起來，安妮的臉色則瞬間變得比牆壁還白。

09. 定情一吻

那天下午，我收到了湯姆發來的簡訊：「一起慶祝一下吧，我會帶著班，妳把西維亞也一起帶過來吧。」

下班後，我迫不及待地趕回家，把西維亞放到自行車前的籃子裡，然後懷著無比激動的心情趕往約會地點。

西維亞在籃子裡重重地歎了一口氣：「唉，收養了妳那麼久，結果妳還是個這麼毛躁的女人，我的優雅妳怎麼一點兒都沒學到。」

在肯辛頓公園，那個我去過無數遍的噴泉旁，我見到了湯姆和他的狗。距離上次來這裡已經好幾個月了，當我看到熟悉的景物時，雖然依然能記起和傑瑞分

手那天發生的一切，可是，心中撕心裂肺的痛感卻減輕了不少。

我的變化是從什麼時候開始的呢？

是從和傑瑞徹底決裂後，我站在泰晤士河邊想要一躍而下，卻被西維亞攔住後？還是我住在皮普家，西維亞幫我做逃脫訓練的時候？或者從我和西維亞第一次見面，她教我相信自己的鼻子時，有些變化就已經潛移默化地開始了？

無論如何，在西維亞的陪伴和引導下，我終於熬過了最艱難的時光，完成了蛻變。

「謝謝妳，幫助我告別過去的生活，我親愛的朋友。」在走向湯姆的時候，我一邊撫摸著西維亞的腦袋和脖子，一邊對她輕聲說道，「我喜歡現在這樣的生活。」

西維亞抬頭看了我一眼：「莎拉，其實，有一件事情我一直沒有告訴妳……」

「莎拉，這是班！」湯姆的聲音傳來，打斷了我和西維亞的對話。

我的心一下子雀躍起來。今天湯姆穿了一件紅白條紋的T恤和一條牛仔褲，顯得非常帥氣，而他牽著的班是一隻金黃色的拉布拉多犬，樣子美麗而高貴。

走近時，湯姆向我露出了笑容，班也快樂地搖著尾巴。湯姆走到我身邊，突然用力地擁抱了我一下：「祝賀妳，莎拉，妳做得太棒了。」

「是你的功勞。」我回答道，「一直以來，都是你在努力做著那些有意義的事，保護著人類，也保護著這些可愛的動物。」

為了掩飾自己羞澀的神情，我還俯下身用手撫摸著班，而班則一邊嗅我，一邊熱情地擺著尾巴。西維亞在籃子裡看著我們，身為一隻貓，班的出現似乎讓她不那麼愉悅，她的毛髮都豎了起來，耳朵也拉平了。

「喂，西維亞，別這樣嘛。」我對她說道。然後又轉身問湯姆：「你覺得貓和狗能和睦相處嗎？」

「可以吧，不過我們得先花點心思先讓他們互相熟悉一下。」

西維亞躲在籃子裡，爪子都伸了出來，我不斷地撫摸她、安撫她。過了好久，她終於猶豫地從籃子裡跳了下來，然後開始在班的周圍跑來跑去。

「你就住在這附近嗎？」我問湯姆。

「嗯，我家就在這附近，我們一起走走吧。」

當我們散步散了半個小時後，西維亞和班已經開始友好地玩耍了，我和湯姆則開心地聊起了那些睿智詼諧，諷刺皇家石油公司的「廣告」，以及安妮被貓咪神祕留言氣到半死的樣子。

「所以，雖然他們沒有發現是妳透露了資訊，妳仍然想要辭職了嗎？」

我點點頭。

「太好了，妳現在就可以去夢想工作站，跟我們並肩作戰。」

我搖搖頭：「說實在的，我正在籌畫另一個專案，一個幫助不方便走出家門，也對網路不熟悉的人們的平臺。最近我在和一位鄰居建立友誼的過程中，發現並非所有殘疾人士都能熟練地運用網路，所以，希望會有科技公司對這樣的項目感興趣，和我一起製作出適合的產品。」

湯姆很支持我的想法，而且表示如果有需要，他將全力支援：「生命中隨時可能有奇蹟發生，妳已經完成了反抗皇家石油這樣的『壯舉』，接下來的計畫，只要妳有勇氣，就很有希望。」

「其實我能有今天，多虧了我的貓……」

之後我們開始聊起西維亞和班，談起動物們的智慧。在說起班的時候，湯姆告訴我幾年前他和妻子離婚的事情。

「我離婚之後，班就收養我了。」他坐在草坪上，一邊說，一邊撫摸著班，「那時候，我對一切都失去了信心，無論對人還是對事。但這傢伙樂觀的精神卻感染了我，而且他還教了我很多東西，妳真該瞧瞧他是怎麼舔我的臉的。」

我笑了起來：「我明白你的意思，我和前男友分手的時候，也是這隻貓咪救了我。對不對，西維亞？」

西維亞只顧著和班玩，不耐煩地瞥了我一眼。我和湯姆都被她的表情逗樂了。

笑聲中，我忽然想起上次來到這裡時流下的那些眼淚、心中的怨恨和憤怒，以及對於未來的絕望。坦白說，我並不會因為痛感減輕而原諒傑瑞，畢竟他曾那麼殘忍而自私地對待過我，而我卻不願再讓自己的心被怒火灼傷，也不願讓自己的靈魂承載那麼多仇恨與怨懟，因為我知道，那樣只會令我陷入更深的痛苦中無法自拔。

「你為什麼和妻子離婚呢？」我以試探的口吻小心翼翼地問湯姆。

他清了清嗓子，慢慢地說道：「我們倆走到那一步，並不是誰犯了錯，只不過是真的不適合再在一起了。她是英國貴族出身，就是那種經常以獵狐做消遣的家庭，繁文縟節眾多。我們是在美國上大學的時候相愛的，那時候不牽扯她的家人和朋友，所以我們相處得很愉快，而且一畢業就結婚了。但是婚後來到英國，我發現自己不僅很難和她的親朋好友打交道，無法融入她的社交圈，而且這時的她，也和我們在美國時判若兩人。她看不慣我的很多做法，甚至包括我說話的方式，我也很厭惡她那種傲慢的態度，並且對他們貴族愛玩的那些網球、板球、馬球絲毫不感興趣。總而言之，最後我們僅僅因為在餐桌上怎樣拿叉子這樣的事而互相憎惡，只能分開……妳呢？妳為什麼和男朋友分手了？」

「哦，我的故事簡單得多，我們分手是因為，我發現男朋友愛上了別人，而且欺騙了我整整兩年。」

「唉，原來如此，說起來，妳的前男友真是傻透了，妳這麼勇敢獨立，而且又可愛、美麗，還對身邊的一切人和事充滿愛心和善意，還很幽默聰明，要是我，一定把妳抓得緊緊的。」

我只覺得心中小鹿亂撞，手都不知道放在哪裡好。

這是表白嗎？還是只是禮貌性的誇獎？

「班，快告訴莎拉，我是個值得信賴的人，」湯姆對著班喊道，「告訴她，她可以百分百地信任我。待會兒我會獎勵你一塊超級大的牛排，好孩子！」

班聽到湯姆的話，立刻跑過來圍著我轉，牠仰著腦袋，尾巴興奮地擺來擺去，像是在勸說我相信湯姆。而我則紅著臉看向西維亞，此時，她也在一絲不苟地嗅著湯姆，鬍鬚全部豎了起來，嗅了好一會兒，像是在鑒定一個神祕的物體。

最後，她滿意地豎起了尾巴，然後安心地臥在他身邊，給了我一個眼神，那意思似乎在說：「妳還猶豫什麼呢，親愛的，撲過去！」

我和湯姆凝視著彼此的眼睛，像是注視著對方的靈魂最深處。我們接吻的時候，明媚的陽光傾撒在我們的臉頰上，我像品味最新鮮的草莓一樣，沉醉其中……可是這時，班卻出於妒忌把腦袋伸了過來，插在我們兩個之間，把這浪漫的一幕劃上句號。我們倆都笑了起來，我看到西維亞用責備的目光怒視著班，像是在說：「你這隻蠢狗，別去打擾那兩隻可憐的靈長類。」

湯姆拉起我的手，溫柔地撫摸著。我們沉默了一陣子，只是靜靜地微笑著。

「湯姆，」最後還是我先開口說道，「再過一個月就是我的生日了，來參加我的派對吧，你是我邀請的第一個人。我一定要好好慶祝一番，我要感謝今年所有支持過我、幫助過我的人，還有我的家人、朋友……我要慶祝四十個小時。」

「嗯，我一定去，」他一邊說，一邊撫摸著我的手，「只是我希望，妳那四十個小時裡，能有至少一半的時間留給我。」

我紅著臉點點頭。

湯姆猛地站起身，興奮地對著班說：「我們走吧，班，帶這兩位小姐回家看看吧。」

夏末的那個黃昏，當我和那位英俊、溫和的男人漫步在倫敦的公園裡，感受著花草的馥郁芬芳時，我又想起第一次見到西維亞時，她告訴我的那句話：生活是美好的。

她預言得沒錯，每個人的一生中，都會有這樣難忘的時光，或早或晚，但終究會來。

10. 別急，故事還沒結束

三個月後，我終於找到一家願意和我合作開發交流平臺的公司，我的事業再次起航。

而且，我也和西維亞搬到了湯姆家，從新聞時事到美食菜譜，從環保事業到網站技術，我和湯姆每天有著說不完的話。雖然不在伊凡娜身邊，但是我們幾乎每天都透過網路聯繫，她總是告訴我：「我又掌握了一種新的字體，而且靠著網路，接到不少幫人設計藝術字的工作，只是，什麼時候才能幫妳設計婚禮請柬呢？我都等不及了！」

對了，我還重拾了對寫作的興趣，重新開始構想有趣的故事情節，但是湯姆

告訴我，如果我把自己的真實經歷寫出來，肯定能吸引更多的人。

不過，這段時間也並非都是喜訊，我遇到了一個天大的意外——西維亞不會說話了。

從和湯姆確立關係那天，她就只能發出一些喵喵的叫聲，而不再跟我說一個字，無論是英語還是西班牙語，一句人類的語言都沒有了。

最初我以為她生病了，後來發現她的飲食和睡眠都和以前一模一樣，我開始覺得，之前的一切或許都只是我的錯覺，她可能從來就沒說過話，不過是我的想像而已。但是那些回憶是不會騙人的，西維亞的語氣、她喜歡用的詞彙，她每次說起「你們人類」時候的那種表情，我永遠不會忘記。

直到這時我才想起一個細節，那天在公園，她說想告訴我一件事，難道就是關於她不再說話的事？我問過西維亞，而她則用一種不置可否的眼神看著我，好像在說：「妳猜啊。」

到最後，我終於明白她的意思，她認為我不再需要她的指導，完全有能力自己看清問題，並且找到對策。所以，她不再開口說話，而是更願意看著我勇敢面對一切。我慢慢接受了西維亞不再說話的事實，而且做好了另一種準備——有朝一日，西維亞也許會從我的生活中消失，她會去尋找另一個需要幫助的人、收養他，並且陪伴對方走過人生的灰暗時光。

如果真的到那一天，我會不捨，但不會太難過，因為西維亞對我說過，即使是死亡都不代表消失，更何況是分離。我相信，我和西維亞即使身處不同的地方，也一定能用另一種方式感受到對方。

我把這當成是西維亞給我的最後一次預言。這期間，還發生過一件不值一提的小事，那就是我收到了一封來自傑瑞的郵件，郵件的主旨叫：「莎拉，能和我談談嗎？」我看了標題兩秒鐘，然後直接按了刪除。

無論他想談什麼，即使是說出那些我曾經無比期盼的道歉和懺悔，此刻我都無所謂了。我已經大步向前，放下了牽絆我的所有過去。

在某個星期六，我在去水果店前，在電腦上打了一段話，作為我小說的開頭：

我第一次看見西維亞的時候，她就那麼「砰」的一聲，突然出現在我的眼前。沒有任何預兆，也沒有類似於神話裡叮咚作響的豎琴聲，或者冒起一縷青煙，什麼都沒有。她好像一個走錯路的精靈，降臨在那個無比糟糕的早上……

當我拎著一大袋水果回到家，開始做水果大餐的時候，湯姆突然從後面抱住我：「親愛的，我看到妳電腦上的小說開頭了，很有意思，但是妳還沒有取書名呢，妳想取什麼名字？」

我想了想：「就叫……《預言貓收養了我》吧。」

我們常說，上帝在關上一扇門的時候，一定會為我們留下一扇窗，對過去的我而言，上帝在關門的時候，顯然也順手關上了窗戶。

但幸好，在窗戶關閉前的最後一秒，一隻貓鑽進了縫隙，出現在我的世界裡。感謝這驚心的出場，更感謝她用一次次預言讓我體會到了絕望，卻也從此懂得了希望，在絕望與希望之後，我的人生，終於活成了自己想要的模樣。

Eurasian Publishing Group
圓神出版事業機構
用心與你對話．視野無限寬廣
圓神出版社
Eurasian Press

www.booklife.com.tw reader@mail.eurasian.com.tw

圓神文叢 256

預言貓收養了我

作　　者／愛德華多．哈烏雷吉（Eduardo Jáuregui）
譯　　者／徐力為
發 行 人／簡志忠
出 版 者／圓神出版社有限公司
地　　址／台北市南京東路四段50號6樓之1
電　　話／（02）2579-6600．2579-8800．2570-3939
傳　　真／（02）2579-0338．2577-3220．2570-3636
總 編 輯／陳秋月
主　　編／吳靜怡
責任編輯／歐玟秀
校　　對／歐玟秀．吳靜怡
美術編輯／潘大智
行銷企畫／詹怡慧．林雅雯
印務統籌／劉鳳剛．高榮祥
監　　印／高榮祥
排　　版／莊寶鈴
經 銷 商／叩應股份有限公司
郵撥帳號／ 18707239
法律顧問／圓神出版事業機構法律顧問　蕭雄淋律師
印　　刷／祥峰印刷廠
2019年8月　初版

定價 270 元　ISBN 978-986-133-693-0

在窗户關閉前的最後一秒，一隻貓鑽進了縫隙，出現在我的世界裡。感謝這驚心的出場，更感謝她用一次次預言讓我體會到了絕望，卻也從此懂得了希望，在絕望與希望之後，我的人生，終於活成了自己想要的模樣。

——《預言貓收養了我》

國家圖書館出版品預行編目資料

預言貓收養了我 ／愛德華多．哈烏雷吉（Eduardo Jáuregui）著；徐力為 譯；
-- 初版 -- 臺北市：圓神，2019.08
256 面；14.8×20.8公分 --（圓神文叢；256）
譯自：Conversaciones con mi gata
ISBN 978-986-133-693-0（平裝）

878.57　　108009367